新たな仲間

八丁堀 裏十手6

牧 秀彦

時代小説

二見時代小説文庫

目次

新たな仲間——八丁堀 裏十手 6

第一章　半端者

一

空一面に鰯雲《いわしぐも》が浮かんでいる。

「あーあ、気が滅入《めい》るねぇ……」

拭き掃除をしていた廊下から顔を上げ、お熊《くま》はつぶやく。

天保《てんぽう》十三年（一八四二）も九月に入っていた。

陽暦では十月上旬。厳しかった残暑も去り、朝夕はめっきり冷え込むようになって風邪をひきやすい時季であった。

名前の通り丈夫なお熊は何ともないが、気分はこのところ萎《な》えるばかり。

「うちの爺さん、何処《どこ》にも連れてってくれないんだもんなぁ……毎日忙しいってのは分かるけどさぁ、あたしだって、たまにはご褒美が欲しいんだよねぇ……」

汚れた雑巾を片手にぼやくのも、無理はなかった。

家事は意外と手間がかかる。

振り売りの行商人がいつも御用聞きに寄ってくれるので買い物は不要だが、炊事に水汲み、布団干しに掃除洗濯、風呂の支度と、あるじの嵐田《あらしだ》左門《さもん》が勤めに出ている間に済ませておかなくてはならないことが、あれこれ多い。

それでも、左門の面倒を見ること自体は張り合いがあった。

好もしいと思っていなければ、そもそも江戸まで付いては来ない。

お熊としては、ずっとこのままでも構わなかった。

毎日の働きに、ほんのときどき報いてもらえれば、それでいい。

近頃は土産のひとつも買って来ないので、愚痴《ぐち》が出ただけなのだ。

とはいえ、いつまでも住み込みの女中暮らしを続けるわけにもいかなかった。

もうすぐお熊も二十歳になる。

手も足もすらりと長く、くっきりした目鼻立ちをしている。

後《のち》の世ならば男たちの目を惹《ひ》いて止《や》まないはずだが、天保の世においては敬遠されがちな造作《ぞうさく》だった。

しかも、とっくに嫁いでいておかしくない歳なのだ。

江戸においては親代わりの左門だけに、その点は大いに気にしているらしい。

このところ芝居見物にはまったく連れ出してくれないのに、縁談だけはあれこれと持ってくる。

「ふんっ、大きなお世話だよ……」

はしょった尻を立てて雑巾がけをしながら、お熊はちらりと視線を走らせる。

私室の障子は、すべて開け放たれていた。

左門に揃えてもらった家具一式の中には、女も学問を怠っちゃいけねぇ、暇を見つけて読み書きをするんだぜ、と言って用意してくれた、文机《ふづくえ》もある。

左門の部屋に続いて掃除を済ませておいた室内には、塵ひとつ落ちていない。

それでいて、文机の上は妙に散らかっている。

幾枚もの書き付けが、無造作に置かれていた。

どういうことなのか、男の顔が描かれた画仙紙と交互に重ねられている。

見やるお熊の顔は忌々《いまいま》しげ。

と、書き付けの山が崩れる。吹き込む風に煽《あお》られたのだ。

「あーあ、またやっちまった」

雑巾がけを中断し、お熊は部屋に入っていく。

畳の上に散らばったのは、見合いの釣書《つりがき》。

後《のち》の世の如く写真までは付いていないが、一通ごとに絵姿が添えられている。

先方の親が気を遣い、わざわざ用意してくれたわけではない。

左門がお熊のために手を回し、日頃から人相書きを手がけている北町奉行所出入りの絵師に頼んで、相手の男たちに気付かれぬように描かせたものであった。

どの絵も、なかなかの男ぶりである。

釣書の内容も、申し分ない。

いずれも初婚で、富裕な家の後継ぎと記されていた。

お熊の歳になってから縁談を望んだところで、これほど条件のいい相手ばかり出てくるとは考えがたい。もしも話があったとしても後添《のちぞ》えで、先妻との間に生まれた子を世話しなくてはならない場合が多いはず。

さすがは老いても「北町の虎」と呼ばれる、敏腕同心だけのことはある。

左門は長年の町奉行所勤めで築いた人脈を活かし、本当にいい縁談だけを吟味してくれたのだ。

にも拘《かか》わらず、お熊は未だに乗り気になれずにいた。

釣書も絵姿もすべて目を通したものの、まったく関心が持てない。

胸を躍《おど》らせる前に、心配が先に立ってしまうのだ。

もしも自分がいなくなったら、左門は一体どうなるのか。

還暦を過ぎ、更に歳を取っていくというのに、なぜ独居したがるのか。

理由は察しが付いていた。

流刑に処された息子の角馬《かくま》が戻る日まで、男やもめで居たいのだ。

しかし、島流しは終身刑。

角馬が赦免《しやめん》されるかどうかは、定かでない。

周りの人たちにしても、ずっと左門に構ってくれるとは限らなかった。

息子の罪滅ぼしを兼ねて奉行所勤めをしていられる間はまだいいが、体が言うことをきかなくなって職を退けば、付き合いは自ずと希薄になる。

ときどき様子を見に寄ってもらう程度では、何かあっても間に合うまい。冷たくなってから見付かったところで、遅いのだ。

やはり、屋敷を出るわけにはいくまい。

独りだけ幸せになってはいけないのだと、お熊は思わずにいられない。

故に、どれほど条件のいい縁談にも二の足を踏んでしまう。

されど、いつまでも独り身ではいられなかった。

お熊とて、いい歳なのだ。

ずっと左門の傍に居るつもりなら、腹を括《くく》らねばなるまい。

いっそのこと、嫁にしてくれればいい――。

親子どころか孫ほど歳が違うのも、お熊にとっては気にならなかった。

老後の面倒を若い女に任せられるのだから、左門にとってもありがたいはずだ。

お熊自身は、とっくにその気になっている。

しかし、困りものなのは左門の態度。

八丁堀の組屋敷に居着いて、もうすぐ二年。

それなのに、まったくお熊に手を出そうとしない。

どうして何もしないのか。若い女とひとつ屋根の下で暮らしていながら、その気になれないのか。失礼なこととは思わないのだろうか。

「江戸まで連れて来ておいて、ほんとに勝手な爺さんだよう」

苛立たしげにつぶやきながら、お熊は手桶に汲んだ水で雑巾をすすぐ。

尽きぬ悩みをよそに、陽はすでに高かった。

そろそろ昼になるというのに、まだ洗濯が終わっていない。

出仕する左門の身支度を手伝い、朝餉《あさげ》を食べさせて送り出した後、うっかり二度寝をしてしまったのが災いしていた。

予定の遅れを取り戻さなくてはならない。

掃除を終えたお熊は、慌ただしく草履《ぞうり》を突っかけた。

庭の井戸端に、山と抱えた汚れ物をどさりと下ろす。

「さーて、急がなくっちゃ」

大きな盥《たらい》に水を汲み、猛然と洗い始める手の動きは力強い。しゃがんだ腰の張りもたくましく、華奢《きゃしゃ》な江戸の町娘たちとは明らかに違っていた。

それもそのはずである。

お熊は甲州《こうしゅう》の山里育ち。左門が最初に出会った頃には、手に負えぬほどのおてんばだったものである。

そんなお熊も、生まれは江戸。

まだ会ったことのない父親は、御大身《たいしん》の旗本であった。

屋敷の女中だった母の世津《せつ》は殿様に寵愛されて孕《はら》んだものの、嫉妬した奥方に暇を出され、故郷の里に戻って出産。旗本が寄越した詫び料で旅籠《はたご》を手に入れ、切り盛りしながら女手ひとつで娘を育て上げた。

かくして年頃になったお熊は縁あって知り合った左門の許《もと》で働く運びとなり、独りで江戸に出てきて、八丁堀の組屋敷で暮らし始めたのだ。

父の如く考えなしに手を出されても困るが、左門は妻を失って久しい身。供養さえ欠かさなければ、故人には何の遠慮も要らぬはずだった。

一体、お熊のどこが気に入らないのか。

直《じか》に問い質《ただ》せることではなかった。

なればこそ苛立たしいのであるし、気を揉まされる身にもなってほしい。

自分を女と見なしていないのであれば、はっきり言ってもらいたい。

そうしてくれれば諦めも付くし、縁談のどれかに乗ってもいい。

しかし左門は、はっきりしない態度を取るばかり。

屋敷内のことは任せきりにしていながら、肝心なことはしない。

このところ縁談を何件も持ち込んで、早く嫁に行けとしか言わずにいる。

「ったく、手前勝手なんだから……」

下帯をごしごし洗いながら、お熊はぼやかずにいられなかった。

どうにも気が塞いでいけない。

こういうときには、気晴らしが必要だ。

気を取り直し、お熊は洗濯に集中する。

家事を終わらせたら、左門が戻るまで外出しようと決めたのだ。

今に始まったこととは違う。

奥深い山里で育った子どもの頃からの、ずっと変わらぬ習慣だ。

気分が冴えないからといって、鬱々《うつうつ》とするばかりでは何も始まるまい。

表の空気を思いきり吸い、頭を切り替えれば、大抵の悩みは消えてなくなる。

お熊が江戸に来てからも散歩に出かけるようになったのは、仲良しの鉄平《てっぺい》に地図を買ってもらったのが始まりだった。

左門の下で岡っ引きとして働く鉄平は、若い頃から太っ腹で知られた男。

体付きもでっぷりしているが、腹が据わっている上に気前がいい。

山里から出てきたばかりで、道にも不案内なお熊のためにと気前よく、吉文字屋《きちもんじや》の切絵図をまとめ買いした上に、江戸を一枚で俯瞰《ふかん》することができる、大絵図まで付けてくれたのだ。

お熊にとっては、どちらも大切なものだった。

山ほど溜まった釣書は雑に扱っても、大小の絵地図は粗末にしていない。左門のお古の手文庫の中に、いつも大事にしまってある。繰り返し、いつも寝しなに飽くことなく眺めている地図の中身も、おおむね頭に入っていた。

「今日はどこにしようかなぁ……」

つぶやく口調は、何とも楽しげ。

暗く落ち込んだ気分も、すっかり上向きになっていた。

二

その頃、嵐田左門は万年橋《まんねんばし》の下に降りていくところだった。

急を聞いたのは、持ち場の回向院《えこういん》界隈を見廻っていた最中のこと。

小名木川《おなぎがわ》に水死人が上がったと知らされ、鉄平に後を任せて馳せ参じたのだ。

回向院から万年橋までは、ほぼ一本道である。

大川沿いに走り通し、左門は少々疲れていた。

「あーあ、年寄りに早駆《かし》けは酷《こく》ってもんだぜ……」

ぼやきながらも、河岸に降り立つ足の運びは力強い。

役人は毅然としていなくては、民に対して威厳を保てまい。

十手捕縄《じってとりなわ》を握る立場ともなれば、尚《なお》のことだ。

そう思えばこそ、左門は老骨に鞭打って励まずにいられない。

呼び出されたのは亡骸《なきがら》の発見現場と持ち場が近く、すぐに駆け付けて対処できると見込まれたが故だった。

現場は大川との合流域。

流れが速く、いつも渦を巻いているので亡骸が上がることなど滅多に無い。

その日は橋の上から垂らした釣り人の針が、濡れた襦袢《じばん》の袖にたまたま引っかかり騒ぎになったという次第であった。

船を出し、亡骸を引き上げたのは近くの自身番の若い衆。最初に目撃した釣り人は気分が悪くなり、番所の中で休んでいた。

無理もあるまい。

「まだ若い娘っ子じゃねぇか……」

蓆《むしろ》をまくって対面したとたん、左門は呻《うめ》かずにいられなかった。

流木にぶつかったらしく、亡骸は損壊が著しい。手掛かりになりそうな面影は一切《いっさい》残されておらず、性別と年代だけは辛うじて分かったものの、二目と見られぬ有り様と成り果てていた。

このところ、江戸市中では同様の事件が相次いでいる。

変わり果てた姿となって見付かるのは、若い娘ばかり。

犯罪が絡んでいると見なすべきだろう。

だが、肝心の身許がなかなか特定できない。

何者かにかどわかされたのであれ、当人の意志で家出をしたのであれ、市中で暮らしていたのであれば、何かしら手がかりが出てくるはず。

しかし、その娘たちのことはまったく分からなかった。

せめて顔形がはっきりしていれば人相書きを作り、より多くの耳目《じもく》に頼って調べを進めることもできるのだが――。

ともあれ真相を突き止めるためには労を惜しまず、持てる力を尽くすのみだ。

(きっと裁きを付けてやるからよぉ、どうか成仏してくんな)

片手で祈りを捧げる、左門の表情は真剣そのもの。

どの娘もお熊と歳が近いだけに、他人事《ひとごと》とは思えなかった。

「あー、いい陽気だねぇ」

昼下がりの空の下、お熊が日本橋通りを歩いていく。

八丁堀を後にして、意気揚々と向かった先は神田の甘味屋。

日本橋を渡って道なりにしばし歩けば、目指す神田はすぐそこだ。それに地図さえ持っていれば、道に迷っても問題はなかった。

しかし、お熊は些《いささ》か不用心。

切絵図を入れた合切袋《がっさいぶくろ》の口から、巾着《きんちゃく》が覗いている。

街のゴロツキどもにとっては、お誂え向きのカモであった。

「よぉ姉ちゃん、お前さん暇かい」

「何だいあんた、藪から棒に」

近間《ちかま》に立たれたお熊は怖い顔。

「へへっ、そんなに睨むなって」

ゴロツキは調子よく告げながら、更に身を寄せてくる。

狙う獲物は、お熊が手にした合切袋。

本職の掏摸《すり》ならば巾着だけを抜き取って、何食わぬ顔で立ち去るはずだが、欲深いゴロツキは袋ごと、地図まで奪い取るつもりだった。

近江屋に尾張屋、平野屋といった新規の版元《はんもと》が相次いで参入し、切絵図が世に普及したのは天保年間から十余年を経た後のこと。誰もが気軽に買えるものではない。

おまけに大絵図まで持っているとは、重ね重ね好都合。

貴重な地図を二組まとめて売り飛ばせば、いい稼ぎになる。巾着の中身など、小銭だけでも構うまい——。

しかし、事は思惑通りに運ばなかった。

「しつこいねぇ！」

どんとお熊が突き飛ばす。

「うわっ」

たちまち体勢を崩し、ゴロツキは地べたに転がる。

踏みとどまる余裕もなかった。

お熊は背が高いだけでなく、腕っ節も強い。

山仕事に毎日励むうちに、自ずと鍛えられたのだ。

それだけでなく、度胸も据わっていた。

「いい加減にしておきな、この青虫が！」

「て、てめぇ」

ゴロツキが目を剝いた。

「蛇《じゃ》の目《め》の銀平《ぎんぺい》さまに向かって何を言いやがるんでぇ、このあま！」

「ああ、何遍でも言ってやるさね」

動じることなく、お熊は凄むゴロツキを見返した。

「お前が蛇を名乗るなんざ、おこがましい限りってもんだよ。せいぜい菜っ葉の間に隠れてる、ちょいと太いだけの青虫どまりのくせに」

「何だとぉ……」

「だってそうだろう。派手なのは着てるもんの柄だけで、怖くも何ともありゃしないじゃないか。それじゃ蛇が聞いて呆れるよう」

「てめぇ！」

ゴロツキが突っかかって来た。

すかさず躱《かわ》し、足払いを食らわせる。

「わわっ」

つんのめる瞬間、襟首を引っつかむ。

とたんに襟元がはだけ、青白い肌が露《あら》わになる。

それでも彫り物だけは勇ましく、背中から腕まで施されていた。

しかし、こうして弾みで披露したのでは締まらない。啖呵《たんか》を切ったところで、失笑を買うのがオチだった。

「ふん、色つやが悪いねぇ……そんなざまで男伊達《だて》なんか気取るんじゃないよ」

恥じてしゃがみ込むのを冷たく一瞥《いちべつ》し、お熊は踵《きびす》を返す。

この度胸は、山里暮らしで身に付いたものだった。

薪拾いや茸採りに出れば、蛇と遭遇することなど珍しくもない。

出くわすたびにお熊は巧みに押さえ込み、すぐに焼いて食べられるようにその場で皮まで剝いでしまい、手近な枝で串刺しにして持ち帰るのが常だった。

獣に素手で立ち向かうわけにもいかないが、蛇ならば容易《たやす》い。まして街のゴロツキなど、屁《へ》のようなものである。

だが、相手は存外にしつこかった。

しかも、弱いくせに足だけは速い。

恥ずかしさを怒りに変えて、猛然と追ってきたのだ。

「待ちやがれい、このあま！」

脚の長いお熊が懸命に走っても、なかなか引き離すことができない。

しかも間《ま》の悪いことに、行く手を塞ぐ輩《やから》まで現れた。

同様に派手な着流しを懐手《ふところで》にした、一目で無頼と分かる連中だった。

「おっとっとっ……待ちなよ、姉ちゃん」

「ど、退いとくれ！」

「そうはいかねぇ。あいつは俺らの連れなんでな」

「そんな……」

「へっへっへっ、悪く思うなよ」

口々に告げながら、二人のゴロツキがお熊の腕を取る。機敏な動きであった。

たちまち銀平が追いついた。

「どうした銀の字、そんなに汗だくになってよぉ」

声をかけたのは、一団を率いる兄貴分。

小柄ながら貫禄のある、目付きの鋭い男だった。

「き……金次《きんじ》兄いじゃ……あ、ありやせんか……」

答える銀平は、息も絶え絶え。

周りの者が笑いながら茶々を入れてきた。

「おいおい、あのでかい女《の》に袖にされたのかい」

「だらしねぇなぁ、銀平さんよぉ」

「第一《でえいち》、おめーじゃ寸法が合うめぇよ」

「そうそうそう、往還松《おうかんまつ》に蟬ってもんだぜ」

「へっへっへっ、違いねぇや」

弟分たちの軽口に釣られて、兄貴分まで頬を緩める。

「そうじゃねぇんでさ……鉄兄い……」

堪らずに銀平は口を開いた。

しかし、まだ息が整っていない。

「……俺ぁ、このあまに……こっ、こっ……こっ……」

「おめー、鶏の真似がしたいのかい？」

弟分の一人が茶々を入れる。

負けじと銀平は言い放った。

「……こっ、コケにされたんでさぁ！」

「何だと」

兄貴分の顔色がたちまち変わった。

目付きも鋭く、お熊にくるりと向き直る。

「おい姉ちゃん、どういうこった？」

「どうもこうもありゃしない。そいつはあたしに馴れ馴れしく寄って来たんだよ」

「そのぐれぇはいいじゃねぇか。何も減るもんじゃあるめぇし」

お熊を睨み付ける、兄貴分の態度は変わらない。

それどころか、口調は厳しさを増していた。

「てめぇ、銀の字に何しやがったんだ。え？」

「くっ……」

「どうした？　早いとこ性根を据えて返答しなよ」

「………」

詰め寄る勢いに気圧《けお》されて、やむなくお熊は答えた。

「あんまりしつこいから……突き飛ばしたんだよ」

「何ぃ」

兄貴分が目を剝いた。

「それだけじゃありやせんぜ、金次兄ぃ……」

すかさず銀平が言い添える。息はだいぶ整っていた。

「こいつは俺を裸に剝いて、天下の往来で恥を搔かせやがったんでさ……」

「そんな、弾みでちょっとはだけただけじゃないか！」

お熊は慌てて言い訳をする。

しかし、誰も聞く耳など持とうとはしなかった。

「おい姉ちゃん、ずいぶんと舐《な》めた真似をしてくれたみてぇだな」

金次と呼ばれた兄貴分が、更に間合いを詰めてくる。

「女を痛め付けるのは性に合わねぇが、こうなりゃ落とし前を付けてもらうより他にあるめぇよ。一緒に来てもらおうかい」

「そんな、嫌だよ！」

「黙ってろい。とことん引ん剝かせてもらうぜぇ」

凄んだ金次に応じ、腕をつかんでいた二人のゴロツキが手を離す。

解放してくれたわけではない。

一人は合切袋を取り上げ、もう一人は懐を探る。

懐中物まで、根こそぎ取り上げるつもりなのだ。

それはともかく、胸まで揉もうとしたのは呆れた話。

「何するんだい、この助平が！」

すかさずお熊は平手打ちを浴びせる。

とっさの反応は、吉と出た。

「うわっ」

吹っ飛ばされた勢い余って、ゴロツキは金次にぶち当たる。

傍らで息を整えていた銀平も、煽りを食らって素っ転ぶ。

囲んでいた弟分たちの陣形も、一瞬乱れる。

その隙を逃さず、だっとお熊は駆け出した。

「ま、待ちやがれい！」

真っ先に立ち上がったのは銀平だった。

足の速さは侮《あなど》れない。

裏道に避難しなければ、また追い付かれていただろう。

お熊が自分で判じたことではなかった。

思わぬ助け舟が入ったのだ。

「こっちだ」

角を曲がったところで呼びかけ、サッと手を引いて路地に連れ込んだのは、二十歳そこそこの若い男だった。

同じような柄物の着流し姿でも、きりっとした印象を与えられる。

目鼻立ちも凛々《りり》しく整っており、ゴロツキの仲間には見えなかった。

ともあれ、危ないところを助けてもらった恩人である。

「おかげで助かったよ。ありが……」

礼を言おうとした刹那《せつな》、お熊の顔が強張《こわば》った。

「あっ……」

恐怖を覚えたわけではない。

思いがけない再会に、声を失ったのだ。

すっかり大人になったようでいて、人の顔には幼い頃の名残《なご》りがある。

その男の場合は柔和な目許と歯並びの良さ、そして輝きだった。

「半《はん》ちゃん……」

「久しぶりだったなぁ、お熊」

歯の白さがまぶしい男は、同じ山里育ちの幼馴染み。

半太《はんた》、二十二歳。

村を出てから十年余り。

江戸の商家で奉公しているはずの若者は、身なりも粋な色男になっていた。

三

難を逃れた二人は、近くの汁粉屋に入った。

半太が心付けを弾んで通してもらったのは、入れ込みの板の間ではなく奥の座敷。

訳ありの男女が密会に利用する部屋には、さすがにゴロツキどもも乗り込めまい。

とはいえ、二人きりになるのは抵抗がある。

誘われるがままにお熊が付いて行ったのは、幼馴染みを信じればこそ。

寄せた信頼に違《たが》わず、半太は妙な真似をしなかった。

「目障りだから片付けるぜ。構わねぇな？」

お熊に一言断り、敷かれた布団を丸めて隅に寄せる。

長い脚を組んで座ると、煙管《きせる》を取り出す。

どこで覚えたのか、紫煙をくゆらせるしぐさは様になっていた。

「あいつらはこの界隈の地回りさ。どいつもこいつも半端者のくせに男伊達を気取りやがって、そのくせ弱い者を平気で泣かせやがる……女をさらって売り飛ばすぐれぇのことは朝飯前でやってのける、ほんとに許せねぇ奴らなんだよ」

「あんたは仲間じゃないんだろうね、半ちゃん？」

「ははは、馬鹿なことを言うんじゃねぇよ」

「なら、いいけどさ……」

お熊が念を押したのは、万が一を疑ってのこと。

町方同心と一緒に暮らしていれば、嫌でも世間の裏に詳しくなる。できるだけ左門は隠しているつもりらしかったが、お熊も子どもではない以上、何事もおおむね察しが付く。

このところ、不審な亡骸が相次いで川に浮かんでいた。

どれも損傷が著しく、顔形が定かでないという。

傷を負わされたのは、顔面だけとは違う。

左門は言葉を濁《おぼこ》していたが、秘所が無残な有り様に成り果てているらしい。

もともと未通娘か、ほとんど経験を持たずにいたのが無理を強いられ、慣らす余裕も与えられずに蹂躙《じゅうりん》された跡に違いないと、北町奉行所では見なされていた。

もしも半太が連中の仲間であれば、お熊は飛んで火にいる夏の虫だ。幼馴染みを信じたいと思いながらも、やはり念を押さずにいられなかった。

「本っ当に、あいつらとは関わりないんだね？」

「当たり前だい。昔も今も素っ堅気《かたぎ》だよ」

「ほんとに？」

「くどいなぁ。第一、俺ぁ墨なんか背負っちゃいねぇよ」

告げると同時に、半太は諸肌《もろはだ》を脱いだ。

露わになった体には、何も彫られてはいない。

「ごめんよ、半ちゃん」

お熊は慌てて身を寄せる。

襟元を正してやる手付きは恥ずかしげ。

かつては裸同然になって一緒に川遊びをしていた仲だが、久しぶりに目《ま》の当たりにした幼馴染みは皮の張りもたくましく、男臭い肉体の持ち主となっていた。

「まぁ、いいさ。これでも呑んで、落ち着きなよ」

そう言って、半太は甘酒を勧めてくれた。

添えられた生姜《しょうが》を丁寧に掻き入れ、溶かしてやるのも忘れない。

「ありがと」

受け取るお熊は、まだ恥ずかしそうにしている。

素知らぬ顔で、半太は煙管をくゆらせる。

やはり、どう見てもお店者《たなもの》とは思えない。

商家で働いていれば、そもそも昼日中から出歩けぬはず。

先程のゴロツキ仲間には加わっていないにしても、真っ当な世渡りをしているとは考えがたい。

ともあれ再会できたのは喜ばしいし、危ないところを助けてもらったことのお礼はしなくてはなるまい。

甘酒を啜り終えると、お熊は言った。

「ねぇ、半ちゃん」

「何だい。ここの勘定なら、もう済ませてあるぜ」

「そのことも込みで、お礼をさせておくれな」

告げる口調は真剣そのもの。

浮付いた気持ちはすでに失せていた。

秋の陽は釣瓶《つるべ》落としと言われるほど、沈むのが速い。

追っ手を撒《ま》くには幸いなことだった。

「大丈夫かい、半ちゃん」

「心配するない、誰も追って来ねぇよ」

不安の尽きないお熊に、半太はにっこり笑いかける。

「この橋の先は八丁堀なのだぜ。あいつらだって、迂闊《うかつ》に近付きゃしねぇさ」

「そうだねぇ。これに懲りて、あたしもしばらく外出《そとで》は止めるとするよ」

「それがいいな。まぁ、どうしてもってときにゃ俺が付き合うさね」

「ほんとかい」

「何なら毎日でも構わんぜ。ははははは……」

二人は笑顔で海賊橋を渡り行く。

名前こそ物騒だが、この橋を越えた先は八丁堀。

南北の町奉行所に勤める与力と同心が屋敷を構えており、配下の小者や岡っ引きも始終出入りをしているだけに治安はすこぶる良く、医者や学者が割高でも好んで下宿先を求めるほどだった。

お熊が暮らす組屋敷も、部屋は十分空いている。

もしも左門さえ許してくれるのなら、半太を住まわせてやりたい。

そんな思惑もあって、お熊は八丁堀まで連れて来たのだ。

嫌がると思いきや、半太は素直について来た。

これは更生の余地があると見なしていいだろう。

ところが、帰宅した左門が取った行動は、期待とは真逆であった。

「おいこらてめぇ、どこから入り込みやがった！」

「待っとくれよ、爺さんっ」

慌ててお熊が止めたときは、もう遅い。

玄関先まで迎えに出た半太に挨拶をするどころか、問答無用でいきなり首根っこを押さえ付けたのだ。

「てめぇ、お熊に何をしやがった⁉」

問いかける口調は殺気に満ちている。完全に、曲者《くせもの》としか見なしていなかった。

半太が必死で弁解しても、左門の怒りは失せなかった。

いずれにせよ、こうなっては長居もできない。

「失礼しやした嵐田の旦那。御免なすって……」

「うるせぇや！　二度と来るんじゃねぇぞ、この野郎！」

這《ほ》う這《ほ》うの体《てい》で去りゆく背中に、左門は思いきり怒号を浴びせる。

もはや、お熊は顔を見せようともしなかった。

左門に対する失望と半太への申し訳なさが綯《な》い交《ま》ぜとなり、どうしようもなく引き籠もってしまったのだ。

これでは、夕餉の支度もしてもらえない。

やむを得ず、左門は自ら台所に立つ。今夜のところは、おひつの底に残った冷や飯と漬け物で凌ぐしかあるまい。

こうなるであろうことは、もとより察しが付いていた。

それでも半太を追い返さずにいられなかったのは、災厄を招くと見なせばこそ。

顔を合わせて早々に、左門は気が付いたのだ。

(胡散《うさん》臭えな、この野郎)

人には臭いというものがある。

体臭ではなく、漂わせる雰囲気のことだ。

半太からは、やる気など微塵《みじん》も感じ取れない。

口にこそしなかったが、罪を犯していそうでもあった。

更生させてやってほしいと言われたところで無理な相談であるし、ましてお熊との交際を認めるなど、以ての外《ほか》だ。

こんな奴とは付き合うな。

そう言うより他にあるまい。

夜が明ければ、さすがにお熊も出てくるはず。

いの一番で、きつく念を押すつもりであった。

四

ところが翌朝になっても、お熊は部屋から出てこなかった。

着替えを手伝わないどころか、朝餉の支度もしない。

台所で幾ら待っても埒《らち》が明かず、時が過ぎていくばかりだった。

「こいつぁどういう料簡《りょうけん》だい、お熊の奴……」

左門は憤然と廊下を渡った。

「開けるぜ」

一言告げると、障子を外す。

お熊は左門に背中を向けて、立ち上がろうともせずにいた。

「おい、朝飯は？」

「知らないよ」

「知らないって、どういうこったい」

「耄碌《もうろく》しすぎて聞こえなかったのかい？　あたしゃ金輪際《こんりんざい》、爺さんのお膳なんか支度しないって言ってんのさ」

「………」


左門は二の句が継げなかった。

お熊はまったく動こうとしない。

それどころか、左門の話を聞こうともしないのだ。

明らかに、昨日の諍《いさか》いが尾を引いていた。

思い当たる理由は、いまひとつある。

このところ、左門はお熊のために縁談を再三持ち込んでいた。

何事も、良かれと思ってのことであった。

しかし、思いやりとは通じにくいものである。

まして、相手は年頃の娘。

お熊の機嫌を損ねた左門は、すっかり相手にされなくなってしまっていた。


いつまでもこのままでは、困ってしまう。

左門自身の暮らしに、大した障りは無い。

朝夕の食事は界隈の煮売屋で済ませれば事足りるし、風呂も湯屋に行けばいい。髪を結うのも髭を剃るのも、髪結床に立ち寄れば済む話だった。

だが、お熊のためには良くない。

姿を隠したままでは隣近所から不審がられるし、妙な噂が立てば縁談にも差し障りが出てしまう。

ここは一番、天岩戸《あまのいわと》から引っ張り出さねばなるまい。

とはいえ、力ずくで追い出しても意味は無い。

話して説き伏せ、納得させる必要があるのだ。

左門が相手にされぬ以上、代役が要る。

そこで左門は、さる女傑に白羽の矢を立てた。

「お願いしやすぜ、奥方さま」

「心得ました、嵐田どの。おなご同士、委細お任せくださいまし」

貫禄も十分に答えたのは幸《さち》。

御様御用《おためしごよう》首切り役の山田《やまだ》一門を夫婦養子として受け継いだ、山田吉利《よしとし》の妻である。

左門は女同士ならば話も通じるのではないかと考え、吉利に頼んで説得に寄越してもらったのだ。

しかし、子を持つ身でも幸は男勝りな女剣客。

おてんばでも根本は女らしいお熊と、話が嚙み合うはずもない。

左門の期待に反し、幸は疲れきって部屋から出て来た。

「はてさて、どうにもなりませぬ……」

「奥方さま……」

「今日ばかりは、お熊さんが外国《とつくに》の者に見えました……言葉は同じなれど話が通じぬとは、まことに遺憾でありますね……」

「そんなことを言わねぇで、もう一遍頼みますよ」

「とてもお役に立てそうにはありませぬ……御免くださいまし」

左門に向かって一礼し、去りゆく幸の足の運びは疲れていた。

目の間を揉みながら歩き去るのを、引き止めるわけにもいくまい。

疲れきったのはお熊も同じらしい。

「おい、いい加減にしねぇかい」

「うるさいなぁ、放っといてよ……」

抗《あらが》う声は、いつもより弱々しい。

強気な幸と言い合いをして、さすがに堪えているらしかった。

だからといって、左門は素直に喜べない。

何もお熊が憎くて、幸を送り込んだのとは違うのだ。

できることなら、怒鳴り付けたくもなかった。

しかし、お熊は意地になっている。

半太のことで揉めて以来、左門とは碌《ろく》に口をきこうとしない。

たとえ文句でも、言われるだけマシであった。

(いかん、いかん)

左門は慌てて頭を振った。

思わぬ事態が長引いて、感覚が鈍りつつあるらしい。

娘も同然に慈しみ育ててきた娘が籠りきりになってしまうなど、有ってはならない事態だった。

されど、現実に起きてしまったからには仕方がない。どのようにすれば事態を打開できるのか、解決策を求めるのみだ。

考えていると、腹が空く。

すでに、日も暮れていた。

せっかくの非番というのに、何も起きぬまま終わってしまった。

縁側に夕闇が迫り来る。

「やれやれ、今日も『笹のや』で晩飯かい……」

やるせなくつぶやきながら、左門は立ち上がる。

障子の向こうからは、何の答えも返ってこない。

お互いに虚しいばかりのひと時だった。

気が萎えていれば、自ずと勘の働きも鈍るもの。

お熊はもとより左門も、このところ半太に見張られているとは気付いていない。

八丁堀に近寄らないどころか密かに入り込み、組屋敷を探っているとは、まったく感付いていなかった。


夜更けの海賊橋を、半太が悠然と渡り行く。

渡りきった先に、人相の良くない男が立っていた。

「待ちねぇ、半の字」

「おや、兄いじゃありやせんか」

「兄いじゃねーよ」

男――金次は苦笑しながら歩み寄る。

「おい半の字、八丁堀に行ったそうだな」

「……どうしてご存じなんですかい、兄《あに》さん」

「へっ、俺を甘く見ちゃいけねぇぜ」

さりげなく、金次は続けて問いかける。

「おめー、まさかあの同心に俺らを売ろうってんじゃねぇだろうな？」

「そんな、滅相《めっそう》もありゃしねぇ」

「ほんとにそう思ってんのかい」

「当たり前でござんしょう」

「ふん……」

金次は半太をじろりと見やる。

腹の内までは分からないが、行動が怪しいのだから仕方があるまい。

その行動について念を押されても、半太はのらりくらりだった。

「ところでお前、このところ回向院の門前町に入り浸っちゃいねぇか」

「いやー、一遍ぐれえ行ったことはあるかもしれやせんが、そんなに度々足を運んだ覚えはござんせん」

「ほんとだな？」

「へい」

「……分かったよ。これより先は訊くめぇ」

金次は話を切り上げた。

とぼけることが得意な奴は、面倒くさい。

カッとなりやすい輩のほうが敵にせよ味方にせよ、よっぽど付き合いやすいというものだ。

いずれにせよ、半太は始末しなくてはなるまい。

そのときは「北町の虎」と共に暮らしている、うるさいじゃじゃ馬娘も一緒に葬り去るつもりであった。


左門の悩ましい毎日は、それからも続いた。

相変わらず、お熊は碌に口をきいてくれない。

それでいて、左門が出仕している間に屋敷を抜け出しているらしい。

不在の隙を狙って飲み食いをしたり風呂に入るだけでなく、そんな裏切りまでしていたのである。かつてない反抗だった。

これは、こっそり半太と会っているに違いあるまい。

当人は気付かれていないつもりでも、近所には丸分かりだ。

このままでは、縁談にも差し支えてしまう。

良縁がまとまる可能性を、左門はまだ捨てきれていなかった。

しかし、取り付く島もない。

「なぁ、お熊。腹ぁ割って話をしようじゃねぇか」

「うるさい！」

「……」

このままでは、いつまで経っても埒が明くまい。

斯《か》くなる上は動かぬ証拠を揃え、半太は悪党と認めさせるしかないだろう。

そう思い至った上で、左門は動き出した。


まずは、相手の素性を突き止めなくてはなるまい。

お熊が寝静まるのを待って、左門は屋敷を抜け出した。

向かった先は、両国橋東詰めの『かね鉄』。

鉄平は店を若い衆に任せて、女房のおかねと晩酌中だった。

「どうしなすったんで、旦那？」

「邪魔したかい。すまねぇなぁ」

「いーえ、そんなこたぁありやせんよ」

おかねを下がらせ、鉄平は空《から》にした杯を左門に差し出す。

「まずは駆けつけ三杯、いかがですかい？」

「遠慮しとくよ。俺ぁ別に、馳走になりに来たわけじゃねぇんだ」

「お話をうかがいやしょう」

鉄平は膝を揃えて座り直した。

老いても力士並みの巨漢だけに、迫力がある。

他の者が酌を断れば、即座に怒鳴り付けていただろう。

しかし、左門だけは別だ。

四十年来の付き合いは、ちょっとやそっとのことで揺らぎはしない。不躾《ぶしつけ》な訪問が思い詰めた上なのも、顔を見ればおおよその察しは付く。

案の定、切り出されたのは剣呑《けんのん》な話であった。

「そうでしたかい。お熊ちゃんが、そんな野郎と……」

「幼馴染みってことなんだが、どうにも胡散臭くてな」

「察するに、そいつぁ女たらしじゃありやせんか」

「ああ。いかにもそういう風だったぜ」

「男は女次第で変わるもんでござんすよ、旦那ぁ」

「あの野郎は女を狂わせているのだぜ、鉄」

思わぬことを告げられて、左門はムッとする。

「現におめぇ、お熊がおかしくされちまってるだろうが？」

「そいつぁ承知の上でござんすよ」

鉄平も負けてはいなかった。

「あっしが申し上げてぇのは、その半太って若造も元から悪だったわけじゃねぇってことですよ。さもなけりゃ、お熊ちゃんが肩入れするはずもねぇでしょう」

「そりゃそうだけどよぉ……」

「とにかく探《さぐ》ってみようじゃありやせんか。喜んでお力になりやすよ」

「他言無用で頼めるかい」

「当たり前でござんしょう。さ、約定《やくじょう》代わりに一杯どうぞ」

「頂戴するぜ」

やっと安堵した様子で、左門は杯を取る。

酌をする鉄平に、子どもは居ない。

故に心から左門の気持ちになることはできなかったが、力になりたいと願う気持ちに偽りは無い。

まして、お熊は大事な預かり物だ。

共に力を合わせ、救い出す所存であった。

五

手がかりは、意外なところから見付かった。

「ねぇ旦那、こいつぁお熊ちゃんのもんじゃありやせんか?」

そう言って鉄平が手に取ったのは、絵草子屋で売りに出されていた切絵図。

大絵図まで一緒に見つかったとなれば、間違いはなかった。

一癖ありげな絵草子屋のあるじを締め上げたところ、顔馴染みのゴロツキから安く買い取ったという。

「名前は金次……。間違いあるめぇな?」

「へ、へいっ!」

鉄平に高々と持ち上げられ、あるじは目を白黒させて降参した。

しかし、敵もさる者だった。

左門が自身番所に連行しても、金次は一向に音《ね》を上げなかった。

「この切絵図を売り飛ばしたのはおめーだな、え？」

「そんなもん、見たこともありませんぜ」

「ほんとかい」

「俺ぁ嘘偽りってのが大嫌いなんですよ、旦那。どうか信じておくんなせぇ」

白々《しらじら》しい限りだったが、長くは留め置けなかった。

地回りはただの愚連隊ではない。

盛り場を牛耳《ぎゅうじ》る香具師《やし》の親分と密接なつながりを持っており、金次のような兄貴分ともなれば、杯《さかずき》まで交わしている。

鉄平の手を借りて調べ上げたところ、金次は女を食い物にする悪党だった。

家出娘を言葉巧みに騙しては親分の許に連れて行き、素人を有難がる金持ち連中を相手に、縄張り内の曖昧宿《あいまいやど》で春を売らせる手伝いをしているのだ。

そして半太は色男ぶりを発揮し、女を引っかける役を演じていたのである。

「こいつぁ間違いありやせんぜ、旦那」

鉄平がそう請け合ったのは子分の下っ引きを張り込ませ、一味が娘を虜《とりこ》にする現場を突き止めた上のことだった。

「連中は甲州街道に網を張り、家出娘をかっさらっておりやした。お江戸の町中で娘がいなくなったとなりゃ大騒ぎでござんしょうが、武州《ぶしゅう》で起きたこととなりゃ御上《おかみ》も大してお取り上げにはなりやせん。そこが狙い目だったんでさぁ」

「そういうことだったのかい……汚え裏稼ぎをしやがるぜ」

怒りに燃えて、左門はつぶやく。

このままでは、お熊の身も危ない。

もしかしたら、すでに毒牙に掛けられているのかもしれない。

「ゆんべから戻っていないってのは本当ですかい、旦那ぁ」

「ああ……恥を忍んで黙ってたんだが、な」

「だったら乗り込みやしょう」

「馬鹿を言うない、鉄」

左門はそう答えざるを得なかった。

香具師一家の縄張りは寺社領。

町方同心には、手出しができないのだ。

「くそったれ！」

鳥居耀蔵《とりいようぞう》に対する怒りも、左門は募らせずにいられない。

南町奉行に抜擢された耀蔵は老中首座の水野忠邦《みずのただくに》に従い、命じられるがままに幕政改革を推し進めている。

江戸市中の岡場所を根絶させ、女人が春を売る場所は公許の吉原に一本化しようという動きも、堅物らしい忠邦の意向に基づいていた。

しかし岡場所さえ無くなれば、風紀が粛清されるとは限るまい。

御法破りの商いは水面下で横行するばかりで、むしろ悪くなる一方だ。そんな愚策のしわ寄せで、お熊の一生を狂わされては堪らなかった。


一方の半太も、危うい立場に置かれていた。

事を進めていたのは、金次と香具師の親分。

知らぬは当人ばかりなり、である。

「ただいま帰りやした、親分」

「おう金次、ご苦労だったなぁ」

「半太の奴なら大丈夫ですぜ。何も気付いちゃおりやせん」

「そうかい……」

火鉢の前に座った親分は猪首《いくび》を横に傾げ、億劫《おっくう》そうに肩を揉む。

すかさず金次は背後に回り、まめまめしく按摩《あんま》に取りかかった。

「ほんとにいい加減だな、あの若造は……。てめぇの連れて来た女《の》がいかれちまったのを知りもしねぇで、呑気に遊び回ってんのかい？」

「まったく、呆れるばかりでさ」

肩を揉みつつ、金次は溜め息を吐《つ》く。

二人して愚痴りたくなるのも当然だった。

回向院の門前町のさる曖昧宿に売り飛ばされ、世をはかなんだ娘の一人が自害してしまったため、亡骸を引き取って始末する必要に迫られていたのだ。

今日に始まったことではない。

このところ市中でたびたび見つかっている水死人は、すべて二人が捨てたもの。

暑い盛りを過ぎたとはいえ、いつまでも亡骸を手許に置いてはおけない。

曖昧宿のあるじからは大枚の金を受け取っている以上、せっつかれれば言うことを聞かざるを得なかった。

何とも困ったことである。

川に棄てて自害と見せかけるのにも、これからは工夫が要る。

放り込んでおけば済むわけではないと、親分も金次も反省していた。

町奉行所の探索の目を逸らし、怪しまれぬように始末するなら、心中と見せかけるのが手っ取り早い。

そこで半太を片割れに見せかけて、共に沈めようと思いついたのだ。

「仕方あるめぇな、金次」

親分はぼやきまじりにつぶやいた。

「近頃の若いもんはなっちゃいねぇからなぁ……いい見せしめにもなるだろうよ」

「まったく、仰る通りでさ」

不景気続きの折だけに、家出娘を売った儲けも近頃は芳《かんば》しくない。

しかも半太は引っかけた娘たちに手を付け、曖昧宿に勝手に忍んで来ては小遣いをせびる体《てい》たらく。いつまでも、舐めた真似はさせておけない。

「ところで金次、あの若造の幼馴染みってのは上玉なのかい」

「へい。色はちょいと黒うござんすが、手足が長くて尻も大きい、仕込めば床上手《とこじょうず》になりそうな玉でさぁ」

「そいつぁいいな。俺がお初をいただきてぇもんだぜ」

親分は舌なめずりをした。

「本気ですかい。親分？」

「どっちみち半太の野郎にゃ死んでもらうんだ。俺が後を引き受けようじゃねぇか」

「いいんですかい。その娘は、北町の虎の預かり物ですぜ？」

「馬鹿野郎、だから面白いんじゃねぇか」

親分は不敵に言ってのけた。

「あの野郎、じじいのくせにいつまでもでかい顔しやがって……親代わりになってた娘が曖昧宿に売られたとなりゃ、さすがに大人しくなるだろうぜ」

「成る程ねぇ、そいつが親分の狙いですかい」

「おめーにゃ若造の始末を頼むぜ、金次」

「へい」


知らぬ間に段取りが整ったことに、半太もお熊も気付いていなかった。

(なんだか様子がおかしいぞ)

ねぐらの長屋に戻り、気付いたときにはもう遅い。

二人のみぞおちに、続けざまに拳がめり込む。

「ううっ……」

「ああっ」

お熊は連れて行かれ、半太は蓆《むしろ》で簀《す》巻《ま》きにされた。

生かしておいても役に立たないと見なされた以上、もはや助かる余地はなかった。

六

そんな折、鉄平に悪党退治の依頼が持ち込まれた。

標的は、密かに娘を売り飛ばしている一味。

犠牲になった家出娘の親たちが、密かに始末を頼んできたのだ。

何も、鉄平が裏十手の一人と知っていたわけではない。御用を笠に着て悪事を働く岡っ引きも多い中で、信頼できると見込まれてのことだった。

ともあれ、頼まれたからには始末せねばなるまい。

「あっしらのことも知られてきたようでござんすねぇ、旦那」

「別に威張れるこっちゃねぇやな。できることなら、表で決着を付けたかったぜ」

「どうしやす、旦那？」

「引き受けるぜ、俺ぁ」

始末に乗り込むことにしたのは、左門と鉄平のみ。

わざわざ山田夫婦に出張《でば》ってもらうには及ばない。

代わりに助っ人を頼んだのは、札差《ふださし》の半平《はんぺい》。

阿漕《あこぎ》と評判でも公儀の許しを得ている香具師一家を潰すとなれば、町役人を動かさなくてはならないからだ。鉄平が話を持ち込んだところで相手にされないし、左門や山田夫婦はなまじ表の役目があるため、下手には動けなかった。

その点、半平ならば申し分ない。

株仲間を解散させられても、札差としての立場は揺るぎない。

左門も鉄平も、安心して荒事《あらごと》に臨めるというものだった。


「行くぜぇ、鉄」

「合点《がってん》でさ、旦那！」

二人は廊下を突き進む。

「な、殴り込みだー！」

慌てるゴロツキどもを打ち倒す、腕っ節の強さは衰えを感じさせない。

「野郎！」

長脇差で斬りかかったのは金次だった。

しかし、左門の敵ではない。

軽く弾き返し、返す刀で峰打ちにする。

お熊と事に及ぶ寸前だった親分も丸裸のまま、一撃の下に伸びてしまった。

「助平野郎め、こいつだけは許せねぇ！」

「まぁまぁ旦那、抑えてくだせぇ」

いきり立つ左門を宥《なだ》めつつ、鉄平は失神したお熊を抱え上げる。

沈められる寸前だった亡骸は、動かぬ証拠。

まとめて奉行所に突き出せば、罪に問われるのは必定《ひつじよう》である。親分と金次は恐らく死罪になるだろうし、曖昧宿も芋づる式に検挙されるはずだった。

残るは半太の始末である。

「どうしやす、旦那」

「仕方あるめぇ、こいつも成り行きってもんだろうぜ」

ぴくりとも動かずにいるのを、左門は肩に担ぎ上げる。

叩きのめす気は、すでに失せていた。

お熊をねぐらに泊めていながら、手を出していなかったからである。

回向院の門前町に入り浸っていたというのも、理由あってのことだった。

曖昧宿では、未通も同然の娘をいきなり座敷に出す。素人どころか生娘《きむすめ》さながらであれば客は喜び、高い値も付くと見なしてのことだったが、当の娘たちは堪ったものではない。いじくり回され、世をはかなんで死にたくなるのも当たり前だ。

尽きぬ悲劇を防ぐため、半太は自分なりに努力をしていた。

売り飛ばした娘の座敷に自腹を割いて上がり、そのたびに優しく接して、少しでも罪滅ぼししようとしていたのである。

そんな真似をしたところで、すべてが許されるはずもない。

それでも、左門は半太を見逃した。

香具師の一家には居なかったことにして、密かに江戸から落ち延びさせたのだ。


「二度と帰ってくるんじゃねーぞ、いいな？」

「へい、肝に銘じやす」

「その喋りも改めな。お前さんにゃ似合わねーよ」

「はい、すみません」

国許に帰した後のことは、お熊の実家に文を送って重々頼んでおいた。

すでに生家が無くなっている以上は致し方あるまいし、半太にとっても旧知の人々を頼ったほうがいい。

むろん、楽をさせるつもりはなかった。

旅籠の下働きから始めさせ、付いて行けなければそれまでだ。

だが、左門は確信していた。

命を失うことに比べれば、下働きの苦労などマシなはず。

何よりも、お熊に救われたと思えば裏切れまい。

「達者でね、半ちゃん」

手を振るお熊にうなずき返し、半太は朝靄の漂う中を去っていく。

「半ちゃんは大丈夫かなぁ、爺さん」

「心配するない。お前が見込んだ男だろうが？」

不安を隠しきれぬ様子のお熊に、そっと左門は微笑みかける。

「男ってやつは、いつまでも半端じゃいられねぇもんさね。そのうち一人前になって
戻ってくるに違いねぇ」

「そのときは、また逢ってもいい？」

「仕方あるめぇ。また天岩戸に隠れられちゃ困るからなぁ」

「もう！　それは言いっこなしにしておくれよ！」

「ははは、こっちだこっちだ」

打とうとするのをひらりとかわし、左門はおどけて笑う。
甲州街道を吹き抜ける木枯らしは、早くも冬の寒さを孕んでいた。

第二章　新たな仲間

一

今日も朝から雨だった。
九月も半ばを過ぎ、陽暦では十月下旬。
いよいよ秋も深まる中、降りしきる雨は冷たい。
空模様が良くないと、気分も優れぬものである。
だが、その男の反応は違った。
庭石を打つ雨垂れの音を耳にしながら、肉付きのいい頰を緩めていた。
「ほっほっほっ、今日もええ天気やなぁ……」
禿頭《とくとう》をつるりと撫で上げ、ほくそ笑む。

腕も足も固太り。寸が詰まった、子どものような体型である。顔も体も丸くぽっちゃりしているが、やけに目つきが鋭い。まだ四十前と見受けられたが、老獪《ろうかい》な雰囲気を漂わせて止《や》まない男だった。

上方《かみがた》出の男の商いは金融。それも高利の金貸しを営んでいる。阿漕な商売が許されるのも、特権を与えられていればこそだった。

朝廷が認めた盲人の位は検校《けんぎょう》、別当《べっとう》、勾当《こうとう》、座頭《ざとう》に大別される。高い位になるほど暮らしも安定するが、座頭から検校となるまでには何百両という大金が要る。そこで幕府は彼らが金貸しを営み、通常より高い利子を取ることを認めていた。弱い立場を守るために、地位が必要なのは自明の理。その地位を得るための手段として高利貸しを営んでいても、誰も文句は言えない。

だが、この沢野《さわの》勾当は悪辣《あくらつ》すぎた。己の置かれた立場を逆に利用し、人を泣かせることを無上の喜びとしていた。

座頭より上の地位で有りながら向上心など持ち合わせておらず、年下の盲人たちの面倒など碌に見ようとしない。後進のために儲けの一部を割《さ》き、揉み療治や鍼灸《しんきゅう》の術を学ばせてやろうとは考えもせず、借金の取り立てに人手が必要なときだけ、小遣い銭を与えて便利に使うばかり。

自身も本業だった琴の演奏を投げ出し、副業の金貸しにばかり血道《ちみち》を上げて、己の生き方を改めようともしない。

同じ本所《ほんじょ》の竪川《たてかわ》沿いに屋敷を構えていても、元禄《げんろく》の昔に盲人たちの地位向上に力を尽くした関東惣録《そうろく》検校で、鍼術の名医でもあった杉山和一《すぎやまわいち》とは比べるべくもない、浅ましい銭の亡者でしかなかった。

「よろしいでっか、旦那《だん》はん」

訪《おとな》いを入れたのに続いて、部屋の障子が開く。

大坂からの付き合いである番頭は、まだ若い。実家の大店《おおだな》で丁稚《でっち》奉公していたのに目を付けて、江戸へ下《くだ》るときに連れて来《た》たのだ。

見込んだ通りに真面目で算盤《そろばん》勘定にも長けているが甘いのが玉に瑕《きず》で、金を貸した者たちに同情しがち。

あるじとしては厳しく接し、分《ぶん》をわきまえさせておかねばならない。

「何や、利平次《りへいじ》」

見えぬ目を剝き、沢野勾当はじろりと番頭をねめつける。

「おくつろぎのところを、す、すんません」

たじろぎながらも、番頭は言った。

「近江屋《おうみや》はんの返済でっけど、もうちっとだけ待ってやってもらえまへんか」

「あかん」

沢野勾当は即座に言った。

「娘を早う連れて来いと言うたはずやで。何をぐずぐずしとるんや？」

「せやけど旦那はん、あの娘はまだ嫁入り前で……」

番頭は懸命に食い下がる。

しかし、取り合ってはもらえない。

「阿呆《あほ》、生娘やから値打ちがあるんやないか」

「旦那はんっ」

「やかまし！　誰に向かってものを言うとるんや！」

聞く耳を傾けることなく、沢野勾当は命じた。

「どこぞの男の手垢《てあか》がつかんうちに、一文でも高う売り飛ばさんかい！　余計なこと考えんと、言われたことだけをちゃっちゃとせい！」

「……へい」

「早う行き」

番頭は反論を許されなかった。

「ほんま、近頃の若いもんはあまちゃん揃いやなぁ」

廊下を遠ざかっていく足音を耳にしながら、沢野勾当は苦笑い。

雨垂れの音は、絶えることなく続いている。

今日も朝から本降りだったが、利息を取る商売は天候に左右されぬし、むしろ雨が続いたほうが都合はいい。行商や露店の商いを生業《なりわい》とする連中が稼ぎにならず、日々の暮らしや家賃に困って、やむなく金を借りに来るからだ。

定められた利息より高く付くのが分かっていても、担保いらずで借金ができるのは有難い。背に腹は替えられず頼ってくるから、いつも客足は絶えなかった。

「ほっほっほっ、もっと降ったらよろしいわ……」

火鉢に炭を盛りながら、沢野勾当は微笑む。

番頭を叱り付け、娘を売り飛ばせと命じたことなど微塵《みじん》も悔いてはいなかった。

人の気持ちはどうでもいい。徹底して、金儲けしか考えていないのだ。

本業が箏曲《そうきょく》であることなど、忘れて久しい。

もはや触れもしない琴が埃を被り、床の間の隅に置かれていた。

同じ文化《ぶんか》九年（一八一二）生まれで生田《いくた》流の箏曲を共に学び、今や名人と謳《うた》われる葛原《くずはら》勾当とは比べるべくもない生き方だが、それでいいと割り切っているのに周囲は何も言えぬし、当人も聞く耳など持ち合わせてはいなかった。

それにしても、用心深い。

ここ五日の間、離れから一歩も表に出ていない。

朝夕の食事はもちろん、洗顔も頭を剃るのも、すべて部屋の中で済ませている。

番頭がわざわざ離れまで足を運ばされるのも、沢野勾当が怠けて引き籠もっていたからではない。日頃は自ら率先して取り立てに出向き、配下の座頭たちをけしかけて嫌がらせをするのもお手の物なのだ。

しかし、この五日は完全に籠もりきり。

身辺の護りを固めるのにも、抜かりがなかった。

母屋《おもや》とつながる廊下ではいかつい用心棒が目を光らせ、いつでも刀を抜けるように鯉口《こいぐち》を切って落とし差しにしていた。

中庭にも、用心棒の浪人が蓑笠《みのかさ》姿で見張りに立っている。

柄袋《つかぶくろ》を用いることなく、帯びた刀を剝き出しにしている。柄を濡らさぬようにしていると、襲われたとき後《おく》れを取ってしまうからだ。

金貸しは、人の恨みを買いやすい。

高利貸しともなれば尚のことだが、いつも恨み言になど耳を傾けはしない。

相手に開き直られたときも同様だった。

返済を放棄した輩《やから》は逃げても必ず捕らえ、容赦なく売り飛ばす。

女子どもに限ったことではない。

鉱山の穴掘りなどの危険を伴う現場では、丈夫な男こそ金になる。月が明けてからだけでも三人を引き渡し、貸し倒れた金額以上の収入を得ていた。

後がどうなろうと、知ったことではない。

逆上され、刃物を持って乗り込まれたところで大事《だいじ》はなかった。

日頃から手懐《てなず》けてある腕利きの浪人たちがすぐに駆け付け、面倒ならば斬り捨ててくれるからだ。

それほど護りを固めていながら離れに引き籠もり、いつもは通《かよ》いの用心棒に泊まり込みで見張りをさせているのは、犠牲になった連中の身内が、裏稼業人《うらかぎょうにん》に意趣返しを頼んだらしいと耳にしたからだった。

江戸には金で殺しを請け負う、裏の稼業が有るという。

その正体は、杳《よう》として知れない。

出入りの岡っ引きに金をつかませて調べさせても、詳細は不明。

江戸市中に頼みを引き受ける仲介所が幾つか存在し、殺しを請け負う実行役に話をつないでくれるらしいという噂があることしか、分からない。実態がまったく見えてこない、まさに闇の世界の住人と言うべき連中であった。

何処《どこ》の誰かも分からぬ者たちに命を狙われていると思えば、腹の据わった沢野勾当も用心せざるを得なかった。

用心棒は二人ずつ、交代で中庭と廊下の見張りに立たせている。近付く者がいれば常にも増して迷うことなく、斬って捨てて構わないと命じてある。

敵が不意を突いてきたときに備え、得物《えもの》も用意済みだった。

「来るんやったら早う来んかい、殺し屋どもが」

不敵につぶやきながら、傍らに置いた杖《じょう》を握る。

外出するときに用いるのと同じに作らせた、頑丈な樫《かし》製である。

琴は手にしなくなって久しいが、杖術の稽古は毎日欠かしていない。籠もりきりになっていても怠けることなく、運動不足の解消を兼ねて屋内で励んでいた。

今日もそろそろ、始めねばならない。

それにしても、暑かった。

用心のため、部屋の障子はすべて閉め切ってある。

いつもの癖で火鉢に炭を足したのも、まずかった。

かつて食うや食わずの暮らしをしていた頃には、こうして炭を山盛りにするどころか火鉢そのものを持っていなかった。

そんな貧乏暮らしの反動が、今のやりたい放題なのだ。

しかし、もはや暖を取るのを通り越してしまっている。

沢野勾当は汗ばんでいた。

「勿体《もったい》ないことをしてもうたなぁ。稽古すれば、すぐに温《ぬく》うなるのに……」

苦笑しながら、中庭に面した障子窓に手を掛ける。

雨が吹き込まぬ程度に開き、空気を入れ換えるつもりだった。

刹那《せつな》。

「うっ⁉」

勾当の顔が強張った。

屋根の上から何者かが身を乗り出し、開いた窓から腕を突き入れてきたのだ。

雨に濡れた腕は太く、たくましい。

諸肌《もろはだ》を脱いだ上半身も、筋骨隆々。野袴で覆われた下肢も、腿が張っている。

この下肢で屋根からぶら下がり、一瞬の隙を突いたのだ。

それにしても、何と剛力なのか。

坊主頭をがっちり押さえ込まれ、勾当は身動きが取れなかった。少々鍛えている程度では、手向かいできるものではない。助けを呼ぶ余裕さえ、与えられはしなかった。頼みの杖も、畳の上に置いたまま。

つくづく迂闊であったが、悔いても遅い。

「ひ……」

上げることができたのは、ほんの微かな悲鳴のみ。それさえ雨音に掻き消され、廊下を護る用心棒の耳には届いていなかった。廊下に面した障子を閉めていたのが災いし、異変が起きたことに気付かれてもいない。ましてて、母屋の番頭たちまで聞こえるはずがあるまい。

中庭を護る浪人に、助けを期待しても無駄だった。

微《かす》かに血の臭いがする。

漂わせていたのは、頭を押さえ込んで離さぬ相手。

帯前に差している、肉厚の短刀を用いたのだ。

振るった得物の種類までは、嗅覚《にお》だけでは判別できない。それでも鉄を鍛えた刀身に血がこびりつき、拭った後も臭っているのは察しが付いた。

中庭の浪人は、この者に引導《いんどう》を渡されたのだ。

そして自分も、同じ手口で葬り去られてしまうのだろうか——。

「た、たす……」

沢野勾当は、懸命に声を絞り出す。

次の瞬間、ごきりと骨の砕ける音。

首をへし折られた悪党は、くたくたと崩れ落ちる。

まさに、ひとひねりであった。

抜刀しかけた浪人を始末したときと違って、鎧通《よろいどお》しを用いるまでもなかった。

絶命したのを見届け、ぐんと男は身を起こす。

剝き出しの腹筋が収縮し、たくましい上体を引き上げていく。

脱いだ諸肌を元に戻して、襟を正す。

中山政秀《なかやままさひで》、二十九歳。

小具足《こぐそく》——合戦で手柄の証拠として敵の首級を挙げるのに行使された、素手で戦う格闘術の遣い手は、腕利きの裏稼業人であった。

帯びた短刀も、今出来の華奢《きゃしゃ》なものとは違う。

戦国乱世の合戦場で首取りに用いられた、その名も鎧通しだ。

筋骨たくましい肉体と物騒極まりない得物を兼ね備える政秀は、若いながらも十年を超える経験を積んでいた。

それでいて、捕らえられたことは一度もない。

目付の榊原忠義《さかきばらただよし》に素性を暴かれかけた危機を脱し、今も表向きは神田明神下の長屋に構える手習い塾で近所の子どもに学問を教えながら、裏の稼業を続けていた。

そんな政秀にもひとつだけ、以前と変わったところがある。

以前に用いていた頭成兜《ずなりかぶと》や面頬《めんぽお》、籠手《こて》や脛当《すねあ》てを、今日は身に着けていない。敵地に正面から乗り込んで戦うのなら、いずれも欠かせぬ武具だった。

しかし、今宵は必要ない。そこまで念入りに着込まずとも、大事《だいじ》はあるまい。

政秀は左様に判じて、軽装で勾当殺しに臨んだのだ。

かつての政秀ならば完全武装で突入し、残りの用心棒はもちろん奉公人まで、勾当の一家を全滅させていただろう。

悪党は身内まで、すべて悪人。

以前の政秀は、そう決め付けていた。

だが、今は違う。

殺す必要のない者は、できるだけ見逃してやりたい。

政秀は、そんな考えを抱くようになっていた。

中庭の浪人を始末したのは離れに近付くためにやむを得なかったからであり、意趣返しを頼んできた家族の亭主をはじめ、沢野勾当に刃向かう者を片っ端から斬り捨ててきた張本人だからでもあった。

好んで人を斬りたがる外道《げどう》を生かしておけば、また弱い者が泣きを見る。同情する余地が皆無なのだから、引導を渡してやっても構うまい。

いま一人の用心棒は見た目こそいかついが、殺しまで働いていなかった。

取り立てを手伝わされていた若い座頭や、番頭ら奉公人も同様である。

いずれも根っからの悪人ではなく、やむなく勾当に手を貸していただけなのだ。

あるじが裏稼業人によって始末されたとなれば反省して足を洗い、二度と悪いことには加担しないはず。そう考えれば、見逃してやってもいいと思えてくる。

以前の政秀ならば全員まとめて外道と見なし、更生する機会など与えようともしなかったに違いない。

だが、人は命拾いをすれば考え方が変わるもの。

ひとつきりの命の重みは、みんな同じ。

その命を軽々しく奪ってしまう、外道の仲間にはなりたくない。

あの男の忠告と思えば、生き方を改めぬわけにはいかなかった。

二

翌日の天気は快晴だった。

昼下がりの空の下、政秀が向かった先は神田の錦町《にしきちょう》。

殺しの仕事の仲介所は、小さな書肆《しょし》（本屋）。

福伸堂《ふくしんどう》は変わらず健在である。

あるじの善左衛門《ぜんざえもん》も若旦那の晴吉《せいきち》も、変わることなく元気でやっている。

暖簾を潜ると、善左衛門と晴吉は二人で本の整理中。

「よぉ、お前さんだったのかい」

先に顔を上げたのは晴吉だった。

身の丈は六尺近いが、体付きは華奢である。顔の造りは整っており、近所の娘たちから色目を使われるだけあって、なかなかの二枚目であった。

「忙しいところを邪魔したか、若旦那」

「なーに、そんなこたぁねぇよ」

はたきを片手に、晴吉は気のいい笑みを返す。

「よく来たなぁ、政」

善左衛門も丸顔をほころばせ、政秀を迎えてくれた。

「そろそろ来る頃だと思っていたよ。ちびっ子どもはもう帰ったのかい？」

「うむ。早じまいにすると言うてやったら、みんな喜んでおったよ」

「へっへっへっ。子どもってのは、いつの世も変わらねぇなぁ……よっこらしょ」

にやにやしながら先に立ち、肥えた体を奥の座敷へ運んでいく。

実の親子でありながら、華奢な色男の晴吉とはまったく似ていない。ひょろりと背ばかり高い息子と違って、太っても精悍な雰囲気を失わずにいた。

今でこそ仕事の仲介を専《もっぱ》らとする善左衛門だが、かつては政秀の父親と手を組んでいた腕利きである。齢《よわい》を経て肥満したため動きが鈍り、今では時たま殺しを行うときにも不意討ち専門だが、若い頃は颯爽《さっそう》とした美丈夫だった。

幼くして父の軍四郎《ぐんしろう》を亡くした政秀は善左衛門に引き取られ、小具足の技を厳しく叩き込まれて成長した。それはもう、徹底して仕込まれたものである。

望まずして裏稼業に足を踏み入れさせられたのを、もはや恨んでなどいない。悪党のみを退治しようと思い至ってからは、尚のことであった。

そんな気持ちは、しかと相手にも通じている。

善左衛門は左門ら裏十手一党に窮地を救われて以来、阿漕な仕事は請け負わぬようにしていた。金にがめつい晴吉も文句を言わず、怪しげな依頼は幾ら金を積まれても断っているという。父子ともども落としかけた命を拾って反省し、決して外道な仕事には手を出すまいと、心がけてくれていた。

今となっては、何の不満も有りはしない。

これからも三人で力を合わせてやっていければ、それでいい。

政秀は心から、そう願って止まずにいた。

奥の座敷は掃除が行き届いていた。

畳の目まで、きちんと雑巾で乾拭《からぶ》きされている。

調度品の埃もきれいに払われ、塵ひとつ落ちていない。

日頃から善左衛門が掃除と整理整頓を欠かさずにいるのは、いつ何時、裏の稼業で命を落とすか分からぬからだ。

死んでからまでだらしなさを笑われるほど、情けない話はあるまい。

故にこまめに家事をこなし、身だしなみにも気を遣う。

何事も、若い頃からの習慣である。

幼かった晴吉と政秀の世話も、抜かりがなかった。下着まで常に洗濯が行き届いており、二人とも男やもめの子どもとは思えないと、よく言われたものであった。

そうやって育てられた甲斐あって、政秀も身だしなみは整っている。

今日の装いは、木綿の着物と野袴。

昨夜の仕事に用いたのとは違う、普段使いの一着である。

いずれも古びている上に洗いざらしだが、火熨斗《ひのし》（アイロン）の代わりに茶碗の底で幾度もこすり、皺《しわ》をていねいに伸ばしてあった。

昨夜の雨で芯まで濡れた着物と野袴は、竈《かまど》の焚き口に残った灰を洗剤にして汚れを落とし、長屋の物干しに掛けてきた。

いつもの家事と子どもたちに読み書きを教える務めをきっちり済ませ、政秀が福伸堂を訪れたのは、仕事の後金を受け取るため。

「ご苦労さん」

善左衛門が懐紙の包みを差し出す。

「かたじけない」

政秀は一礼してから手を伸ばした。

きっちり並べて、くるまれていたのは一分金が十二枚。

四枚が一両に当たるので、換算すれば三両になる。

小判で渡されても町中では遣いにくく、どうして大金を持っているのかと周囲から怪しまれるため、わざわざ両替をしておいてくれたのだ。

先渡しされた三両と合わせて六両。殺しの仕事、それも護りの堅い標的を仕留めたと思えば割りに合わぬが、もとより不満など有りはしなかった。

「いい功徳《くどく》になったと思うぜ、政」

善左衛門が微笑んだ。

「とぼけて聞き込みをしてきたよ。勾当の金を借りてた客は、ぜんぶ番頭が引き継ぐことになったそうだ。以前ほどにゃ高い利息は取れなくなるだろうが、近江屋と手を組めば上手《うま》くいくだろうさ」

「成る程。近江屋の娘を庇うておったのは、恋仲であったが故なのだな……」

政秀はうなずいた。

標的の沢野勾当を仕留める寸前に、離れを訪れた番頭の利平次とのやり取りを、窓越しに盗み聞いていたのであった。

「つまり、人助けになったと思うて構わぬのだな?」

政秀は念を押す。

応じて、にっと善左衛門は頬をゆるめた。

「まぁ、そういうこったな」

「ふっ……」

「へっへっへっへっ」

二人は笑みを交わし合う。

一方の晴吉は独りで本の整理中。

奥から聞こえる笑い声を耳にしながら、こちらも明るく微笑んでいた。

三

そんな福伸堂の有り方は、左門も承知の上だった。

悪党を退治するために戦っているのは、裏十手の一党と同じである。誰彼構わずに命を奪うような真似さえしなければ、好んで捕らえるつもりはなかった。

とはいえ、自分の持ち場で事を起こされては困る。

昨夜はほとんど寝る間もなく、現場の検証と調書の作成に忙殺された。

悪名高い沢野勾当が、不審な死を遂げたからだ。

首をへし折って引導を渡し、手強い用心棒を鎧通しの一突きで仕留めて去った技の冴えから察するに、政秀の仕業と見なして間違いあるまい。

町奉行所も手が出せなかった悪党を、退治してくれたのはいい。

それにしても、他にやり方はなかったのか。

後始末をさせられた左門は、いい迷惑であった。

（どうせ殺《や》るんなら、もうちっと場所ってもんを選んでもらいたかったぜ……それにしても直《じか》に乗り込むたぁ、相変わらず無茶をしやがる野郎だ……。まぁ、度胸がいいのは認めてやるけどよ……）

胸の内でぼやきながら、左門は奉行所の奥につながる廊下を渡っていく。

つい今し方、表から戻ったばかりであった。

同心部屋には誰も居ない。廻方《まわりかた》の同僚たちは朝に一旦集まった後、それぞれの持ち場を見廻り中。左門も眠気に耐えつつ、本所一帯の巡回に励んでいた。

やむなく鉄平に後を任せて、呉服橋まで駆け戻ったのには理由があった。

遠山景元《とうやまかげもと》から急に呼び出しがかかり、火急の用件があるので速《すみ》やかに戻って参れと命じられたのだ。

配下の与力と同心にとって、町奉行の権威は絶対だ。

急に呼び出されたこと自体には、何の不満も有りはしない。

左門を悩ませていたのは、景元から問われるであろう内容だった。

(ううん、困ったなぁ……)

若い頃から続く付き合いも、奉行所内では通用しなかった。

景元が福伸堂に疑いをかけ、捕らえよと命じてくれれば左門は断れない。

これが他の同心の持ち場で起きたことであれば関わらずに済むため、そっと裏から手を回し、政秀たちを逃がすこともできただろう。

しかし、こたびは本所の竪川沿いで起きた事件。

担当せざるを得ないが、本音としては政秀はもちろん、福伸堂の父子も捕らえたくはなかった。

今の彼らは、金さえ積まれれば誰でも標的にする、ただの殺し屋とは違うからだ。

命の恩人となった左門の忠告を受け入れて、御法の裁きから逃れた外道の始末のみを請け負い、人知れず退治しているのだ。

悪人には違いないが、世の中の役に立っているではないか。

そう思えば、無下《むげ》にできない。こたびも何とか見逃したい。

沢野勾当の悪名は、嫌と言うほど耳にしている。

与えられた特権を利用して高利を貪《むさぼ》ることを憚《はばか》らず、返済が滞《とどこお》れば容赦なく身売りを強いる、裏稼業人に始末されても仕方のない外道であった。

むろん、公然と口に出せることとは違う。

左門はあくまで法の番人。御法破りの大罪人として福伸堂の裏の顔を暴き、捕らえなくてはならない立場なのだ。

されど、政秀に縄を打ちたくはなかった。

あの若者には、見どころがある。

ただの殺し屋ならば、左門も危ないところを助けたりはしなかっただろう。

左門たちと同様に悪を憎んで止《や》まず、許すまいとする姿勢を見て取ることができたからこそ、意気に感じて救いの手を差し伸べたのだ。

善左衛門と晴吉のことも、商売敵とは思っていない。

何も左門は金が欲しくて、裏十手の一党を率いているわけではないからだ。

一人息子の角馬に裏切られ、勝手に売り飛ばされた同心株を買い戻すべく、金稼ぎに躍起になっていた頃とは、事情が違う。

すでに当初の目的は達成され、左門は北町に復帰を果たして久しい身。

今となっては、金はそれほど必要なかった。

何より大切なのは、同心の役目を全うすること。

別の罪で島送りにされた角馬が恩赦を受けて江戸に戻り、共に暮らせるようになるまでは、何としても現役を続投するつもりだった。

身内から罪人を出してしまっていながら町奉行所勤めを許されるなど、本来ならば有り得ぬ話だろう。

しかし左門は歴代の北町奉行に重く用いられ、昔馴染みの景元が奉行の職に就いた後に復帰を遂げた。

還暦過ぎの身で、現場に戻ることを許されたのだ。

他の同心ならば、まず有り得ない話である。

若い頃から『北町の虎』と呼ばれ、江戸中の悪党どもに恐れられた左門なればこそ、異例の抜擢をされたのだ。

同じ北町の与力や同心たちにとっては妬ましいどころか、有難いことだった。

実力も経験も足りない若い連中と違って、左門は確実に戦力となる。何より当人が復帰を望み、老骨に鞭打って御用に励むことで、愚かな息子の罪を購《あがな》いたいと言っているのに、拒む理由はあるまい。

かくして再び十手を握った左門の中では、表と裏の比重が逆転しつつあった。

角馬が同心株を売り飛ばし、代金の二百両と一緒に姿を消していた頃は、裏十手の悪党退治にのみ、血道を上げたものだ。

早く金を作らなくてはと焦っていたのも事実だが、当時の左門は一介の隠居。十手捕縄を持つのを許されぬ立場とあれば、悪党どもと事を構えても密かに始末を付けるより他にない。裏で動くばかりだったのも、当然だろう。

だが、今は違う。

左門は奉行所に復帰し、名実ともに『北町の虎』に戻って久しい。

十手の力さえあれば、大抵の事件は解決できる。裏十手として動くのは、表立って手出しができない敵を相手にするときのみとなっていた。

そんな巨悪との戦いが、このところ左門は億劫《おっくう》になってきた。

鳥居耀蔵にしつこく命を狙われるのは、止むを得まい。

左門が裏十手として金稼ぎに励んでいた頃からの、因縁だからだ。

されど自ら厄介事に首を突っ込んだり、赤の他人の恨み晴らしを請け負ったりして悪党退治に乗り出すのは、できるだけ避けたかった。

今の自分が優先すべきは、北町奉行所の一同心として役目を全うすること。

裏十手そのものを止めてしまおうとまでは思わないが、これからは一層、表の御用に重きを置きたい。息子の恩赦を勝ち取るためにも、そうしたいのだ。

となれば、後釜に据えるための人手が要る。

むろん、半端な者では務まるまい。

これはと見込んだ腕利きでなければ、左門も安心して後を託せない。

当の左門の腹は、すでに決まっていた。

(中山政秀……あの野郎しか居るめぇよ)

たしかに政秀ならば、十分に後任となり得るはずだ。

小具足の腕前はもちろんのこと、性質も真っすぐで好もしい。

問題は、如何《いか》にして仲間に引き入れるのか、である。

裏稼業人と裏十手は、似ているようで違うもの。

さまざまな人脈を持つ左門には、ひとたび裏に回れば一同心では為し得ないやり方で事件を解決に導くことができる。何しろ、北町奉行とも昵懇《じっこん》の間柄なのだ。

山田夫婦に半平、そして鉄平といった仲間たちも、必要となれば使える人脈をそれぞれに持っている。

悪党を退治する方法も、斬り殺すばかりではなくなってきた。

脅しをかけて黙らせたり、御法の裁きを受けるように事を運んだり、本身《ほんみ》の代わりに斬れない刃引《はび》きを振るって打ち倒すにとどめることも、近頃は少なくない。

だが、裏稼業人は違う。

あくまで標的を仕留めることのみを目的とする、闇の狩人であった。

業の深い生き方、と言うより他に無い。

彼らなりに覚悟を決めて続けているのだろうが、できることなら足を洗わせ、望むとあれば仲間に加えたい。

ともあれ、まずは景元の追及をかわすことだ。

左門は廊下を進み行く。

景元の待つ部屋は、すぐそこまで迫っていた。

四

北町奉行所のある呉服橋《ごふくばし》は、数寄屋橋《すきやばし》の南町奉行所とは目と鼻の先。

共に江戸城の外郭に設けられた役所を預かる二人の奉行は、役目の上でも常に連携することになっていた。

しかし、鳥居耀蔵にはそんな気など有りはしない。

隙あらば遠山景元を追い落とすべく、策を巡らせている。

そんな企みに引っかからずにいられるのは、景元が用心深いからだった。

金四郎《きんしろう》と称して酒食遊興に明け暮れた若い頃の経験も、無駄にはなっていない。

甘い罠も袖の下も巧みにかわし、遺漏なく北町奉行の職を全うしていた。


「忙しいところを呼び出しちまって、悪かったなぁ」

「滅相もございやせん、お奉行」

上座から声をかけられ、左門は深々と頭を下げた。

平伏しながらも視線はきっちりと前に向け、相手の様子を窺うのに余念が無い。

(ちょいと疲れていなさるなぁ……)

そう感じたのも、無理はない。

町奉行は朝から昼過ぎまで裃《かみしも》姿で江戸城に詰め、市中の司法と行政について老中の諮問《しもん》を受ける。奉行所に戻って来られるのは、午後になってからのことだ。

下城したからといって、のんびりしてはいられなかった。

景元の私室は、奉行所の奥にある。

長い廊下に沿って幾つもの部屋が設けられており、間取りも広い。

家族と共に暮らす官舎としてはまったく申し分なかったが、表の奉行所と渡り廊下でつながっているので落ち着かない。昼夜の別を問わず、仕事を持ち込まれることになるからだ。

今は人払いをしてもらっているので静かだが、左門が退散したら早々に、お付きの内与力《うちよりき》衆が決裁待ちの書類を運んでくることだろう。

今年で五十とは思えぬほど頑健な体付きをしている景元も、さすがに少々キツそうだった。あるいは寝不足なのかもしれない。

「大事《だいじ》はありやせんかい、お奉行？」

「なーに、心配してもらうにゃ及ばねぇよ」

「それだったらよろしいんですがね、お顔の色が優れていなさらねぇとお見受けいたしましたんで」

「へっへっへっ、大事はねぇよ。お前さんのほうこそ、市中見廻りは辛いんじゃねぇのかい？　ここんとこ、日が落ちるとめっきり冷え込むしなぁ」

「おかげさまで何とかなっておりやす」

二人は笑みを交わし合う。本来ならば、有り得ぬ光景だった。

左門は、あくまで一介の同心にすぎない。

身分の上では御家人だが、禄高はわずか三十俵二人扶持。いざ合戦となれば幕軍の足軽として、戦わされる立場であった。

役職が廻方のため、見廻りの持ち場である両国界隈の商人たちから付け届けとして贈られる金品のおかげで懐具合は豊かだが、武家としての格はごく低い。役高だけで三千石を給される大身旗本の町奉行と談笑するどころか、お付きの内与力が間に入らなければ言葉を交わすことも許されなかった。今は二人きりであり、景元が金四郎と称していた若い頃からの付き合いなればこそ、くつろいで話していられるのだ。

もちろん、親しい仲にも礼儀は有る。

「ちょいと一服させてもらうぜ」

景元が脇息《きょうそく》から肘を上げ、後ろに置いたのは武家の作法に則した振る舞い。

続いて取り出したのは、銀の煙管と叺《かます》。

叺の蓋を開き、煙草を詰める。

すかさず左門は腰を上げ、火鉢の傍らに置かれた煙草盆を持ってくる。火種入りの鉢の蓋には埃ひとつなく、灰吹きも手入れが行き届いていた。

「すまねぇな」

笑顔で景元は礼を述べる。

昼下がりの座敷に、程なく紫煙が漂い始めた。

「あー、すっきりするぜぇ……ご老中があれこれうるさくてな、おかげで肩が凝っちまったい」

景元は左門を呼ぶ前に裃を脱ぎ、ゆったりした着流しに装いを改めていた。

見るからにくつろいでいる様子だったが、油断はできない。

紫煙をくゆらせながら、景元はおもむろに話を切り出した。

「ゆんべの勾当殺し、左門さんはどう見るかい」

「おや、朝一番でご報告があったんじゃねぇんですか」

「登城する前にぜんぶ聞いたよ。首の骨をへし折られていたそうだな……」

ふーっと景元は煙を吐いた。

「俺がお前さんに聞きてぇのは殺ったのはどんな奴なのか、目星は付いてんのかってことだよ」

「そいつぁ、これから調べを付けますんで」

「勘で構わねぇよ。思うところを、忌憚《きたん》なく言ってくんな」

告げると同時に、かつんという音が響く。

煙管の雁首を、景元が灰吹きに打ち付けたのだ。

「…………」

左門は無言で視線を返す。

景元の態度は変わることなく、くつろいだものであった。

口調にも、先程から険しさは無い。

それでいて、問うてくるのは剣呑なことばかり。

「こいつぁお前さんが受け持つ事件《こと》なんだろう、左門さん？」

「へい」

「だったら是非とも聞かせてくれよ」

「昨日の今日じゃありやせんか。もうちっとお手柔らかに願いますぜ」

何食わぬ顔で、左門は答える。

しかし、いつまでもごまかしてはいられなかった。

「遠慮は要らねぇよ。思うところをサックリ聞かせてくんな」

重ねて景元は問うてきた。

口調こそ穏やかだが、眼光は鋭い。

くつろいでいた表情からも笑みが失せ、真剣な面持ちになっていた。

「そうでござんすねぇ……」

左門は思わず言いよどむ。

下手《へた》なことを口にするにはいかなかった。

景元は、すでに察しが付いているはずだ。

殺しの手口から、政秀の仕業と見込みを付けたに違いない。

福伸堂の父子ともども助けてやってほしいと乞うたところで、聞き入れてもらえるとは考えがたい。

以前に一度、景元は政秀たちを見逃してくれている。

命を狙われていながら左門が彼らを許し、口封じされかけたのを逆に助けるほど肩入れしていたのを踏まえての、寛大極まりない措置であった。

とはいえ、二度まで看過してもらえるとは思えない。

こんなことなら速やかに足を洗わせ、仲間に加えておくべきだった。裏十手は景元も認めた一党であるからだ。

しかし、裏稼業人たちは町奉行にとって潰さなくてはならない存在。

左門の口から見逃してやってほしいとは、とても言えない。

この場は何を訊かれても、知らぬ存ぜぬで切り抜けるしかあるまい――。

覚悟を決めて、左門は口を開いた。

「こいつぁ仏から借りた高利の金を返せねぇで、どうにもならなくなっちまった客の仕業なんじゃありやせんか。よほど追いつめられた奴でなけりゃ、ああまですることはねぇでしょうよ」

「おいおい、お前さんらしくもねぇ答えだな。もうちっと考えて、ものを言いな」

景元は憮然と左門を見返す。

もっともらしい言い訳など、通用しそうになかった。

「今さら釈迦に説法だろうが、ちょいと黙って聞いてくんな」

沈黙を余儀なくされた左門を見返し、景元は言った。

「こいつぁ誰にでもできる殺しじゃあるめぇよ。この広い江戸に腕っぷしの強え奴は幾らでも居るこったろうが、人様の首をへし折るなんざ、よほどの心得なしには無理な芸当さね。それも柔術《やわら》じゃなくて、小具足の遣い手でも呼んで来なけりゃ埒《らち》が明くめぇ。おまけに庭でおっ死《ち》んでた用心棒の浪人は、鉈《なた》みてぇに分厚い得物でひと突きにされてたんだろう。おおかた鎧通しを使ったのだろうぜ」

「………」

「こいつぁお前さんが気に懸けてた、裏稼業人の仕業じゃねぇのかい。仕事の繋ぎは神田錦町の福伸堂。小具足遣いの中山ってのが住んでるのは明神下なんだろ」

「お奉行……」

左門は思わず息を呑む。

まさか、すぐに出張《でば》って召し捕れと言い出すつもりなのか。

そうなれば、万事休すだ。逃がす間もなく、一網打尽にされてしまう──。

しかし、心配は無用だった。

「ま、形だけは調べなくっちゃなるめぇよ」

「えっ」

「ちょいと叩いて埃が出なけりゃ、疑いなしってことにしていいぜ。先だっては目付の榊原にあらぬ疑いをかけられて、迷惑しちまっただろうしなぁ」

ふっと景元は相好《そうごう》を崩す。

「あの界隈は関谷《せきや》の持ち場だったな、左門さん」

「へ、へい」

「だったら先を越されねぇように、せいぜい気張るこった。あいつも御用熱心なのはいいんだが、ちょいとやりすぎるところがあるからなぁ」

「こ、心得やした」

「ご苦労さん」

それだけ告げると、景元は叺の蓋を開いた。

煙草を詰め直す手付きは、悠然としている。

後は何も言おうとせず、黙して紫煙をくゆらせるのみ。

「失礼いたしやす」

左門は安堵の面持ちで、くつろぐ名奉行に向かって頭を下げる。

障子を開けて、廊下に出る。

左門が退室したのを見届けて、内与力衆が駆けて来た。

命じられた通りに廊下の先で控え、話が終わるのを待っていてくれたのだ。

どの者も、山と書類を抱えている。

すれ違いながら会釈をする、左門の表情は明るい。

それもそのはずである。

景元は下駄を預けてくれたのだ。福伸堂がまた動いたと気付いていながら、敢えて不問に付してくれたのだ。

（さすがは金四郎……いや、遠山左衛門尉《さえもんのじょう》様だぜ）

格別の計らいに、左門は感じ入っていた。

むろん、次は無いと肝に銘じなくてはなるまい。

仏の顔も三度まで、である。

こたびの殺しは見逃しても、次に仕事をしたときは許すまい。

決意も固く、左門は廊下を渡り行く。

まずは景元の忠告に従って、行動を開始するつもりであった。

福伸堂と政秀の長屋を含む神田の一帯は、他の同心の持ち場である。何も知らない同僚に出し抜かれ、疑いをかけられてしまってはまずい。

その同僚は、風邪をひいて勤めを休んでいた。

気の毒だが、こちらにとっては都合がいい。代わりに持ち場を見廻っているという岡っ引きの目さえ盗めば、事は容易《たやす》く済むことだろう。

(すまねぇな、関谷)

胸の内で詫びながら、左門は刀を提げて玄関に出る。

きっちりと帯刀し、式台から降り立つ。

「さーて、ひとっ走りするとしようかい」

雪駄の鼻緒を確かめるや、だっと左門は駆け出した。

門の外まで続く敷石を蹴って走る、足の運びは快調そのもの。

六十過ぎとは思えない、矍鑠《かくしゃく》とした動きであった。

五

時を同じくして南町奉行所でも、二人の男が密談を交わしていた。

「非番の折に呼び立てして、相すまぬの」

「何の、何の。御用とあれば、いつでもお声がけくだされ」

上座の鳥居耀蔵に向かって、榊原忠義はうやうやしく頭を下げる。

目付が南町奉行所に足を運んだところで、誰からも不審には思われない。評定所《ひょうじょうしょ》に限らず、南北の奉行所に集まって合議をするのも役目の内だからだ。

だが、本日の訪問は真っ当な役目を果たすためではない。例によって耀蔵の悪事の片棒を担ぐべく、いそいそとやって来ただけであった。

「して甲斐守《かいのかみ》様、お話とは何でござるか」

「嵐田左門よ。いつまで待てば、あやつの始末は付くのじゃ」

「………」

ずばりと言われたとたん、端整な顔が微かにゆがむ。

他の者ならば気付かなかっただろうが、耀蔵の目はごまかせなかった。

「何としたのだ、榊原」

「は……」

「存念があるならば、はきと申せ」

取り立てて特徴の無い顔は、常の如く無表情。

それでいて、迫る圧力は尋常ではない。

「おぬし、わざと見逃しておるのではあるまいな……？」

「と、とんでもありませぬ」

忠義は慌てて平伏した。

頭上から、耀蔵の声が降ってくる。

「榊原、おぬしには失望したぞ」

「……返す言葉もございませぬ……」

平伏したまま、忠義は低く呻いた。

文字通りに、額が畳に擦り付きそうなほどに頭を下げていたのは、悔しげな表情を見られまいと思えばこそだった。

しかし、このままでは埒が明かない。

「面《おもて》を上げよ」

耀蔵は淡々と呼びかけた。

ちらりと見せた怒りの色は、すでに失せた後。

忠義は無言で体を起こす。

媚《こび》を売るかの如く、精一杯の作り笑いを浮かべていた。

「お見苦しい真似をいたし、まことに失礼をつかまつりました」

「もう良い」

うなずく耀蔵の態度は、あくまで落ち着き払ったもの。

今に限ったことではなかった。

耀蔵は行住坐臥《ぎようじゆうざが》、何をしていても感情を面に表わすことをしないのだ。

この冷静さこそ、最大の武器と言えよう。

「やはり、おぬしには荷が勝ち過ぎたらしいのう」

「……………」

「まぁ良い。嵐田の始末は、こちらで考えるといたす」

「お役に立てず、申し訳なき限りにございまする……」

「まことにそう思うのか、おぬし」

「もちろんにございまする」

「ならば、あの裏稼業人どもは何としたのか」

「裏稼業人、にございまするか？」

「神田錦町にて書肆を営み、密かに仕事を請け負うておる者どものことぞ。嵐田が手に余ると申すは止むを得まいが、そやつらぐらいは自力で何とかいたせ」

「は……」

そっと忠義は唇を嚙んだ。

言われっぱなしでは悔しくなるのも当然だろう。

そもそも、忠義は好きこのんで耀蔵に合力《ごうりき》しているわけではない。

いずれ幕閣に君臨する逸材に違いないと見込んで近付き、恩を売るべく手を貸してきただけなのだ。

そんな努力も、このところ報われていなかった。

左門に邪魔立てされるようになってからのことである。

耀蔵から命じられるまでもなく、何とかして葬り去りたいものである。

しかし、始末しようにも左門は強すぎる。何度も刺客を差し向けたものの、無駄金を散じるばかりで一向に埒が明かない。

それにしても、嫌な話題を持ち出されたものだ。

小さな書肆を営む父子が密かに殺しの仕事を請け負い、抱えの裏稼業人に仲介していることは、耀蔵と忠義も承知の上。

二人は福伸堂を潰すべく、かねてより動いていた。

とはいえ、すべての裏稼業人を根絶やしにしようとは思っていない。

老中首座の水野忠邦が、彼らは必要悪と考えているからだ。

市中の治安をおびやかす悪党どもを始末してもらえれば、町奉行所も火付盗賊改《ひつけとうぞくあらため》も手間が省ける。小伝馬町の牢屋敷においても、収監から刑の執行までに費やす金子《きんす》が浮くので好都合。身の程知らずに公儀に牙を剥いたとなれば容赦しないが、己の分を弁《わきま》えて鼠を捕らえる猫の如く、市井《しせい》の小悪党をせっせと退治してくれる限りは好きにさせておけばいい——。

幕政の実権を握る立場らしからぬ発想だが、何であれ道理より能率を重んじて幕政改革を推し進める、忠邦ならではの考えと言えよう。

その忠邦の懐刀《ふところがたな》と呼ばれる耀蔵が、意向に逆らうわけにはいくまい。昨年の暮れに南町奉行の職に就いて以来、不可解な殺しの事件が起きても配下の与力と同心に深くは追及させず、解決しないままお蔵入りにするように指図をしてきた。

しかし、福伸堂だけは見逃すわけにいかなかった。

嵐田左門の殺害を命じたものの、二度まで仕損じたからだ。

現職の南町奉行と目付が北町の同心を始末させようとしたと吹聴《ふいちょう》されては、こちらの立場が悪くなる。生かしておくわけにはいかない。

「何とするのだ、榊原」

耀蔵が再び問うてきた。

やむなく、忠義は口を開く。

「……いま一度、小人《こびと》目付どもを福伸堂に差し向けまする」

しかし、耀蔵の反応は冷ややかだった。

「それでまことに勝てるのか」

表情の無い顔で、すっと忠義を見返す。

「同じ手が二度も通じると思うておるのか。そも、あやつらでは歯が立つまいぞ」

「………」

耀蔵の指摘する通りだった。

以前にも忠義は配下の小人目付に命じて、福伸堂を襲わせている。その折も左門に邪魔をされ、煮え湯を飲まされたものだった。

（勘兵衛《かんべえ》の役立たずめ。何が修行をやり直すだ……）

胸の内で毒づいた相手は、先頃まで榊原家に仕えていた用人の大堀《おおほり》勘兵衛。

壮年ながら腕利き揃いの小人目付衆の上を行く剣の手練《てだれ》で、力士並みの巨軀の持ち主だったが政秀に締め落とされて生き恥を晒し、いちから腕を磨き直して参りまする と称して暇を取り、武者修行の旅に出て久しかった。

戻って再び榊原家に仕えるかどうかは定かでないが、いずれにしても左門どころか政秀に倒されるようでは話になるまい。

と、忠義は気付いた。

（弱ったな、手駒が居らぬではないか）

勘兵衛が暇を取った榊原家には、碌な遣い手が残っていない。家士は幾人も抱えているが剣の技量はからっきしで、誰一人として役に立ちそうもなかった。

恃《たの》みの小人目付衆も、幾度差し向けたところで左門には敵《かな》うまい。

そればかりか、公儀の御用に非ざることでの使役は止めていただきたい、と近頃は忠義に文句を付けてくる始末であった。

重ね重ね腹立たしいが、今は怒っている場合ではあるまい。

お手上げであることを素直に明かし、耀蔵に策を講じてもらうなり、始末を付けるのに必要な手駒を貸してもらうより他になかった。

「甲斐守様」

意を決し、忠義は口を開く。

と、廊下から訪いを入れる声がした。

「お知らせにござる」

忠義には、聞き覚えのある声だった。

それもそのはずである。

訪ねてきたのは、目付を補佐する組頭。

本来は忠義のためにのみ動く立場だが、このところ耀蔵との間を行き来し、どっちつかずの二股膏薬《ふたまたこうやく》を決め込んでいる男だった。

「客人が居る故、そのまま話すがよかろうぞ」

顔色を変えた忠義を手ぶりで制し、耀蔵は次の言葉を待つ。

「されば、申し上げます」

組頭は話を始めた。客人というのが忠義のことだとは、思ってもいない。

「今し方、福伸堂に町方の同心が乗り込みました」

「乗り込んだ、とは如何なることか」

「あるじの善左衛門を前にして、ねちねちといたぶっておりまする」

「嵐田左門が左様な真似をしておるのか」

「いえ、畏れながらお奉行のご配下……南町の同心にござる」

「見間違いではあるまいな」

「三輪蔵人《みわくらんど》と自ら名乗っておりました。当人曰《いわ》く、つい先頃まで神田界隈を持ち場としておった模様ですが、間違いはありませぬか？」

「大儀であった。下がってよいぞ」

耀蔵は障子越しにそう告げて、自ら話を打ち切った。

「されば、失礼つかまつりまする」

組頭が立ち上がる。

足音が遠ざかるのを待って、忠義は口を開いた。

「これは如何なるご所存か、甲斐守様」

端整な顔が赤みを帯びている。

知らぬ間に裏切りをされていたとあっては、怒りたくなるのも当然だろう。

「お答えなされ！」

忠義は声を荒らげる。

それでも耀蔵は答えなかった。

目を閉じて黙り込み、じっと腕を組んで座っている。

配下の同心が妙な真似をしていると知らされて、もしや動揺しているのか。

「甲斐守様……」

少々心配になった様子で、忠義はにじり寄った。

と、耀蔵の目が開いた。

「な、何とされましたのか」

思わず怒りも忘れて、忠義が問う。

返された答えは、訳の分からぬものだった。

「面白いことになりそうだぞ、榊原」

「は？」

「愚か者が馬鹿な真似を始めたのだ……上手くいけば裏稼業人どもはもとより、嵐田も共倒れになるやもしれぬぞ」

「ま、まことでありますか」

「おぬしは何もせずとも構わぬ。安堵して、高みの見物をしておるがいい」

答える口調は冷静そのもの。

相変わらず、本音がまったく汲み取れない。

それでいて、口にした内容は喜ばしいものだった。

どうやら南町の同心が福仲堂の正体を見抜き、脅しをかけているらしい。

その同心が福仲堂ばかりか、左門まで巻き添えにしてくれるというのだ。

にわかには信じがたいが、ここは静観すべきだろう。

(高みの見物、か……)

ともあれ、言われた通りにしてみるつもりの忠義であった。

六

「邪魔するぜ」

福仲堂に乗り込んだのは、件《くだん》の同心だった。

黒羽織も御成先《おなりさき》御免の着流しも、どことなく煤《すす》けている。

陽に焼けたのではなく、埃をかぶっているのだ。

「おや、三輪の旦那」

善左衛門が戸惑った声を上げた。

「たしか、お役目が変わったんじゃありませんか」

「ああ……今は例繰方《れいくりかた》の下役だよ」

低い声だった。それでいて、腹の底まで響く重々しさがある。

三輪蔵人、五十歳。

南町奉行所に職を奉じ、廻方を長らく務めてきた蔵人が内勤に転じ、過去の判例を管理するばかりが役目の例繰方に追いやられたのは、袖の下の取りすぎが災いしてのことだった。

市中の治安を護る役目の廻方は、何かと役得が多かった。

盆暮れの付け届けは言うに及ばず、見廻りの持ち場に店を構える人々のいざこざを仲裁したり、思わぬ事件や事故に巻き込まれた折に穏便に取り計らってやったりするたびに、謝礼を受け取るのが常だった。

そういったことは他の同心もやっているが、蔵人の場合は質《たち》が悪い。盗みや乱暴狼藉を働いた大店の馬鹿息子の罪を揉み消したり、配下の岡っ引きに見付けてこさせた生贄《いけにえ》に濡れ衣を着せたりして、大枚の金子《きんす》を手にしていたのだ。

そんな不良同心の運が傾いたのは、鳥居耀蔵が南町奉行となった後。景元の影響で万事が大らかな北町と違って風紀が厳しく粛清され、賄賂と疑われるものは鼻紙一枚さえ受け取ってはならないと指導をされたのだから、どうにもならない。

かつては蝮《まむし》、今は耀甲斐《ようかい》と恐れられる耀蔵だが、町方の御用そのものには真面目に取り組み、配下の与力と同心に決して不正を許さなかったのである。

にも拘《かかわ》らず、蔵人は陰で袖の下を取っていた。

そのことが露見し、耀蔵の耳に入ってしまったのである。

告発したのが誰なのかは、ついに分からずじまいだった。

何者の仕業であれ、蔵人の命運が尽きたのは事実。

かつての羽振りの良さは見る影もなく、いかにも落ちぶれた態《てい》だった。

一体、何をしに現れたのだろうか。

用向きが何であれ、下手に扱っては後がうるさい。

善左衛門は、まるい顔一杯に愛想笑いを浮かべてみせた。

「よくお立ち寄りくださいましたねぇ。前みたいに一服付けていかれますかい？」

「煙草だったら止めちまったよ。今は一文だって惜しいんでな」

「はぁ」

「ま、貰い煙草はするんだけどな」

そう告げるや、蔵人は煙管を差し出した。

逆らうことなく、善左衛門は火皿に煙草を詰めてやる。

そのまま上がり框《かまち》に腰を据え、蔵人は美味《うま》そうに紫煙をくゆらせた。

「国分《こくぶ》かい……。へっ、儲かってる奴ぁいいよなぁ」

「何をおっしゃるんで。いつも火の車でございますよ」

「謙遜することはあるめぇよ。へっへっへっ……」

とぼける善左衛門に、蔵人はにやにやしながら視線を向ける。

肥えてはいても、こちらは固太りだった。

だらしなく肉が垂れているのではなく、胁腹も尻もたくましく張っている。

閑職に回された後も、鍛えることは怠っていないのだ。

（相変わらず、嫌な野郎だ）

笑顔で二服目を詰めてやりながら、善左衛門は胸の内で毒づいた。

「早くしてくんな。種火が消えちまうだろうが？」

「へい、どうぞ」

「おう」

差し出された煙管を、蔵人は無造作に受け取る。

紫煙をくゆらせる様も、一服目とは違っていた。

すぱすぱと二度、ぞんざいに吹かす。

（あーあ、高い煙草がもったいないねぇだろうが……!?）

胸の内で嘆いた刹那、善左衛門が目を見開く。

勢いよく飛んだ種火が、まるい頰を直撃したのだ。

「熱っ」

「やっちまったか、すまねぇなぁ」

しらじらしく告げながら、蔵人は煙管を仕舞った。

そのまま、ずいと立ち上がる。

身の丈は善左衛門とほぼ同じだが、体の鍛え方は明らかに違う。

「な、何でぇ」

「へっ、ようやく地金《じがね》が出やがったかい」

キッと見返す善左衛門の視線を、蔵人は平然と受け止めた。

「そいつがお前のほんとの顔らしいなぁ、裏の稼業人さんよ」

「えっ」

「今さら違うとは言わせねぇぜ。へっへっへっへっ」

歯を剝いて笑う様は不敵そのもの。

白昼堂々、脅しをかけた蔵人の狙いは金のみだった。

廻方から外れて以来、こちらこそ家計は火の車。

役得の一部をせっせと蓄えてくれていた妻のへそくりも、大事にするどころか早々に取り上げて使ってしまった。

憂さ晴らしの散財に呆れ果て、とっくに妻子は実家に帰った後。

例繰方の御用部屋では厄介者扱いをされ、上役の与力からは古くなった書類を運び出す役目を命じられるばかりだった。

息が詰まる毎日を送っていれば、人は碌なことを考えなくなる。

蔵人の如く、堪え性のない者の場合は尚更だ。

それにしても、思い立った計画は悪辣すぎた。

かねてより怪しいと睨んでいた福伸堂を掌中に取り込み、実行役の裏稼業人と毎回折半していると分かった、殺しの報酬の上前をはねるつもりだったのだ。

「ど、どうしてそんなことまで……」

「お前んとこに出入りしてた裏稼業人に、島三《しまぞう》って若いのが居ただろう」

「ああ、ここんとこ無沙汰だが」

「そうだろうぜ。昔取った杵柄《きねづか》で、俺がとっ捕まえたんだからなぁ」

「てめぇ、責《せ》め問《ど》いにかけやがったな……」

「そういうこった」

　蔵人は平然と答えた。

「あの若造、洗いざらい吐いてくれたぜぇ。おかげさんで、お前らがやってることの一部始終が分かっちまったってわけよ」

「くっ……」

　善左衛門は悔しげに歯噛みする。

　それでも一言、確認せずにはいられなかった。

「島三をどこにやりやがった！　答えやがれ！」

「何でぇ、落とし前でも付けさせるつもりかい」

　ふんと笑って、蔵人は言った。

「手間なら俺が省いてやったよ。バッサリ二つ胴にしておいたから、安心しねぇ」

「て、てめぇ……」

「やる気だったら相手になるぜ」

　怒気を露わにする善左衛門を、蔵人はにやりと見返した。

　視線を前に向けたまま、続いては背中越しに一言告げる。

「おーい若いの。いい歳こいて、いつまでかくれんぼをしてるつもりだい？」

呼びかけた相手は晴吉。

出先から戻ったところで異変が起きているのに気付き、裏口の扉の陰に身を潜めて様子を窺っていたのだ。

見付かったとなれば、後は相討ちを狙うのみ。

「親父！」

「応っ」

声を掛け合うと同時に、善左衛門と晴吉は跳びかかった。

応じて、サッと蔵人は身を躱す。

太い体は機敏に動き、晴吉が抜いた短刀の刃はかすめもしない。

善左衛門の組み付きも同様だった。

「おいおい、それでも小具足の手練なのかい？」

余裕の体《たい》さばきで振り解《ほど》かれ、逆に浴びせられたのは強烈な足払い。すでに晴吉は投げを喰らって失神していた。

「ひ！」

善左衛門の太った体が、どっと床に叩き付けられる。

弾みで書棚が倒れ、崩れた本が散らばる。

「何だ、何だ！」

「福仲堂さん、何事だい？」

近所の住人たちが駆けて来た。

通りすがりの人々も、興味津々《しんしん》で店の中を覗き込む。

蔵人は善左衛門を抱え起こすのに取りかかっていた。

晴吉の短刀はいち早く、倒れた棚の陰に隠してしまったので心配はいらない。

「騒がせちまってすまねぇなぁ、皆の衆」

野次馬に向かって告げる口調は穏やかそのもの。

脅しをかけた末に叩きのめした張本人とは、誰も気付いていなかった。

「何のことはありゃしねぇ。ただの親子喧嘩だよ」

「ほんとですかい、三輪の旦那ぁ」

不審げに問うてきたのは、駆け付けた自身番の若い衆。

蔵人がこの界隈を持ち場にしていた頃は、使い走りでも何でも進んでやってくれたものだが、今や不審者を見る目付き。もとより素行の悪かった蔵人に、心から敬意を払っていたわけではないのだ。

「お役目替えになりなすった旦那が、どうして神田にいらっしゃるんですかい。騒がしいから来てみりゃ福伸堂さんはこのざまだ。何かおかしいじゃありやせんか」

「そうだ、そうだ」

たちまち野次馬たちも同調した。

しかし、蔵人は平気の平左。

「おいおい、十手棒を持てなくなったぐれぇでお前ら邪険にしすぎだぜ」

食ってかかるのを軽くいなし、蔵人はもっともらしく説明する。

「俺ぁ、昔の伝手《つて》でいらねぇ本を売りに来ただけだよ。そしたら派手にやり合ってたもんでなぁ、何とか止めようとしたんだが倒れた棚にぶつかっちまって、二人とも気を失ったってことさね。後は俺がやっとくから、さぁ、行った行った！」

素手で痛め付けるにとどめたのは幸いだった。

裏稼業を知られた上に実力の差まで見せつけられては、善左衛門も晴吉も蔵人には逆らえない。つくづく悪辣な男であった。

己の信じる正義のために裏稼業を撲滅しようというのであれば、まだいい。

あるいは自ら裏稼業人になろうと志願するのなら、目的が金を得ることであっても構うまい。

しかし、蔵人にそんな殊勝な考えは皆無。

腕は立つものの、悪党退治に手を貸す気はさらさらなく、脅して金を得ることしか考えてはいなかった。

それだけではない。

裏稼業の情報網は、捕物御用で手柄を立てるのにも役立つ。

そんな手蔓《てづる》を得たとなれば、廻方に復帰できる可能性も高まるというものだ。

蔵人にしてみれば、万事がいいことずくめである。

尻尾をつかまれた善左衛門が逃げられないのをいいことに、とことん骨までしゃぶるつもりであった。

七

夜はすっかり更けていた。

「すまねぇ、政」

一部始終を話し終え、善左衛門は深々と頭を下げた。

晴吉も、面目《めんぼく》なさそうにうつむいている。

政秀は黙ったまま、二人を交互に見やる。

福伸堂の中は、惨憺《さんたん》たる有り様のままだった。

倒れた棚や障子は元に戻したものの、散らばった本の片付けはまだ途中。無惨に破れてしまった稀覯本《きこうぼん》も少なくなかった。勿体ない話である。

いずれにせよ、書肆の商いはしばらく無理だ。

三人が車座になった奥の部屋も薄暗く、火鉢の炭も切れていた。

それなのに、誰も立とうとしない。

意気が沈めば、体も言うことを聞かなくなる。

いずれにせよ、ずっとこのままではいられまい。

悪《わる》同心に立ち向かうための策を、速やかに講じなくてはならなかった。

「致し方あるまい……」

すっと政秀が立ち上がった。

「俺が行く」

「本気かい、政さん!?」

晴吉が慌てて腰を浮かせる。

「あいつは起倒流《きとうりゅう》の手練なのだぜ。剣術《ヤットウ》だって一刀流の……」

「やってみなければ分かるまい。勝負は時の運ぞ」

「でも、もしもお前さんが殺《や》られちまったら……」

「安心せい。そのときは命を取られる前に降参いたすよ」

「えっ……」

「挑んで敗《やぶ》れたとなれば是非もあるまい。潔《いさぎよ》う軍門に下ろうぞ」

「馬鹿を言うない、政っ」

今度は善左衛門が叱り付けた。

「野郎の狙いは金だけだ。お前はあんな外道のために、ひとつしかねぇ命を張って金稼ぎをやろうってのかい」

「もとより委細《いさい》は承知の上だ。最初に致し方あるまいと言うたであろう?」

「政……」

善左衛門は黙り込む。

「何事も諦めが肝心だぞ、親父殿」

静かに告げると、政秀は晴吉に向き直った。

「そのときは仕事を増やすしかあるまいぞ、若旦那」

「えっ」

「その同心の狙いは金なのだろう。ならば稼ぐしかあるまい」

「政、お前……」

「まとまった金を得られれば、それで縁切りと申し渡すこともできようぞ」

「そりゃそうだが、いきなり仕事を増やせって言われても無理な相談だぜ」

晴吉は一息に言い放った。

「お前さんも知っての通り、俺らの商売は客が来るのを待つしかねぇんだ。御用聞きに出向いてよぉ、裏稼業人でございますなんてお愛想を言って回るわけにもいかねぇだろうが？」

「……」

善左衛門も、力なく溜め息を吐くばかり。

二人とも、包帯が夜目にも痛々しい。

そんな二人を前にして、政秀はいたたまれない。

どうして、その場に自分は居合わせることができなかったのか。

今からでも蔵人と対決し、叩きのめしたい。

だが、迂闊に事を起こすわけにはいかなかった。

相手は南町奉行所の同心である。

例繰方に役目替えされたとはいえ、元は廻方の腕利きなのだ。

あるいは鳥居耀蔵の意を汲んで、事を仕掛けてきたのかもしれない。

倒せぬならば手の内に取り込み、役得として蔵人に骨の髄までしゃぶらせる。

そんな企みなのではないだろうか——。

「……仕事ならば、あるはずぞ」

「えっ」

「どういうこった、政さん」

父子が同時に顔を上げる。

政秀は静かに告げた。

「持ちかけられたものの断った話が、たしか四、五件あっただろう」

「そいつぁ、外道仕事じゃねぇのかい」

晴吉は半信半疑で問いかける。

「左様……幾らかかっても構わぬと、金に飽かせて頼みに参った連中の仕事だ」

「お前」

晴吉が絶句した。

「正気で言ってんのかい、政」

善左衛門も念を押さずにいられない。

それでも、政秀の態度は変わらなかった。

「すべて片付ければ千両にはなるだろう。如何に欲深き輩といえども、千両箱を目の前に置かれては気も変わるはずぞ」

「政……」

「背に腹は替えられまい。やらせてくれ」

決意も固く、政秀は二人に告げる。

いずれにせよ、手習い塾は閉鎖せざるを得なかった。

八

その日、左門が神田まで出かけたのは蕎麦を手繰《たぐ》るため。

江戸中の何処にでも店があるとはいえ、久しぶりの非番となれば少々足を延ばしてみたい。

久しぶりの『藪《やぶ》蕎麦』は、身に染み渡るほど美味かった。

「あー、いい心持ちだぜぇ……」

最後の一滴まで蕎麦湯を飲み干し、左門は上機嫌で席を立つ。

気分も上向きに向かった先は、政秀の長屋がある神田の明神下。

(ちょいと寄ってみようかね)

裏十手の仲間に入れと口説《くど》いたところで、あの若者が素直に首を縦に振るかどうかは分からない。

ともあれ、話だけはしてみよう。

そんな気持ちで足を運んでみたものの。政秀の姿は見当たらない。

それどころか、長屋そのものを引き払ってしまっていた。

「おい坊ず、お前さんの先生はどこに行ったんだい?」

「しらないよう」

手習いの弟子子だったという少年は、しょんぼりとした面持ちで答える。

一緒に境内で遊んでいた子どもたちも、みんな寂しそうだった。

役に立つ話を教えてくれたのは、利発そうな女の子。

「おっかちゃんがいってたよ。せんせいはおあしにこまって、よにげをしなすったんだからもうあえないって」

「夜逃げだと?」

「うん」

「そうだったのかい……」

うなずきながらも、左門は耳を疑わずにいられなかった。

しかし、誰に訊いても答えは同じ。

長屋のおかみ連中も、残りの店賃《たなちん》は置いていってくれたから訴えたりはしませんよと左門に告げた差配も、一様に政秀の安否を気遣っていた。

品行方正で隣近所の評判もすこぶる良く、店賃を滞らせたことなど一度もなかったという政秀に、なぜ尻に帆を掛けて逃げ出す必要があったのだろうか。

「どうにも解《げ》せねぇ話だな……うん、こいつぁきっと訳有りだろうぜ」

そう思えてきた以上、福伸堂にも足を運ばぬわけにはいくまい。

錦町に着いたときには、陽はすでに西の空に傾いていた。

「あの角だったな……ん？」

店のはす向かいまで来たところで、サッと左門は物陰に隠れた。

見覚えのある男が、中から出て来たのである。

（三輪……蔵人じゃねぇか）

かつて起倒流の道場で共に汗を流した、一回り下の後輩がそこに居た。

南町奉行所に勤めているのは、もとより承知の上である。悪い評判も当然ながら耳に入っており、隠居する前に意見を試みたこともあったが糠《ぬか》に釘で話にならず、更生させることは諦めて久しかった。

（それにしても、あそこまで悪人面になっちまうとはなぁ……）

哀しげに頭を振りつつ、左門は去りゆく蔵人の背中を見送る。

戻ってこないのを確かめて、今度は福伸堂に近付いていく。

裏口の扉の陰で盗み聞いた父子の話は、何とも剣呑なものだった。

「俺ぁやるぜ、晴吉」

「無理するなよ、若いもんに任せておけって」

「馬鹿野郎。てめぇなんか当てになるかい！」

「だったら二人で行こうじゃねぇか。もちろん政さんにゃ内緒だぜ」

「分かってらぁな」

「あーあ、どうせ心中するんなら小股の切れ上がった別嬪さんがよかったぜ……」

「へっ、死ぬときぐれぇ真面目になりやがれ」

「へいへい、日が暮れるまで得物の手入れでもしてますよ」

善左衛門も晴吉も、先日と違って明るい面持ち。

相討ちになっても仕留める覚悟を決めたことで、すべて吹っ切れたのだ。

政秀が行方を眩ませたことを、彼らはまだ知らない。

外道仕事をやってでも金を稼ぎ、蔵人に突き付けると言ったのは二人を元気付けるための嘘にすぎず、実は独りで挑んで決着をつける腹積もりでいたことを、長い付き合いでありながら見抜くことができていなかった。


月明かりも射さない夜道では、自慢の腕も十全には発揮し得まい。

善左衛門と晴吉は、そう見込んでいた。

「……三輪の野郎、まだ来ねぇかい」

「……まだだよ。大人しく隠れてなよ、おとっつあん」

大川土手に身を潜め、二人は襲撃の機を窺っていた。

腐りきっていても相手は役人。表立っては逆らえない。

そこで善左衛門は、蔵人を闇討ちしようと決意したのだ。

しかし、何事も計画通りにはいかぬもの。

かつて腕利きだった善左衛門も、すでに老いた。

しかも、味方は腕が立たない晴吉のみ。

しかも蔵人は襲撃を察知し、配下の岡っ引きとその子分たちをあらかじめ、夜遊びからの戻り道に張り込ませていたのである。

雑魚《ざこ》が返り討ちにされたところで、何の問題も有りはしない。

福伸堂さえ存在すれば、裏稼業人のつながりを利用して、幾らでも闇の世界の情報を集められる。ネタをわざわざ足で稼いでもらう必要もなくなるのだ。

今宵も愚かな父子を弱らせる役に立ってくれれば、それでいい。

とはいえ、善左衛門も晴吉も殺させはしない。

改めて力の差を見せつけ、今後は有無を言わせぬつもりだった。

案の定、二人きりではどうにもならなかった。

「どうした、え？」

「おらおら、かかってこいよぉ」

岡っ引きの子分たちは、嵩《かさ》にかかって父子を河原に追い込んだ。

夜更けの土手に近付く者は誰も居ない。

「おら、おら！」

包帯が取れたばかりのところを、敵は容赦なく蹴り付けてくる。

「ううっ……」

善左衛門の体がくの字に折れる。

「おとっつあん!!」

晴吉ももみくちゃにされるばかりで、手が出せない。

そこに駆け付けたのは夜目にも分かる大柄な男——政秀だった。

「うっ」

「わっ！」

「ぐえっ⁉」

重たい拳の一撃が、子分たちの胸骨を続けざまに打ち砕く。

「く、来るんじゃねぇや！」

高みの見物を決め込んでいた岡っ引きが、慌てて逃げ出す。

刹那、ぶわっと政秀は宙に舞う。

怒りを込めた跳び蹴りを喰らい、どっと岡っ引きは叩き付けられる。

しかし、まだ戦いは終わっていない。

「そこに居るのは分かっておる。早う出て参れ」

「へっ、お前さんが福伸堂の隠し玉かい。まさか手習いの宗匠が裏稼業人だったとはなぁ……」

悠然と間合いを詰めながら、蔵人はうそぶく。

いつまでもふざけてはいなかった。

近間に入るや否や、猛然と体当たりを仕掛けたのだ。

「く！」

辛うじて身を躱したものの、次の瞬間には腕を取りに来る。

刀を手にしても、蔵人は強かった。

鎧通しを抜き合わせても、受け止めるのが精一杯。押し返そうとすれば、たちまち強烈な足払いを見舞ってくる。

さしもの政秀も、まったく手が出せなかった。

「おのれ……」

募るのは焦りと疲労ばかり。

このままでは、三人まとめて返り討ちにされてしまう。

何のために駆け付けたか、分からないではないか——。

と、そこに頼もしい声が聞こえてきた。

「待ちねぇ、三輪」

「ずいぶん……」

「あ、嵐田さん……」

「昼間にちょいと見かけてな……。それにしてもしばらく会わねぇうちに、ずいぶん品が下がったもんだなぁ、え？」

「やる気ですかい、嵐田さん」

「仕方あるめぇ。お前はやりすぎだぜ」

「ふん……」

もはや遠慮はしていない。

開き直った蔵人は、左門まで始末する気になったのだ。

「大きく出たな、若造」

「若造だと？」

「当たり前だろ。てめーは俺より十も下なのだぜ」

「言ってくれるじゃねぇか、くそじじぃ！」

蔵人の目が更に細くなる。怒りながらも油断なく、八双の構えを取っていた。

「そっちこそ、御法破りの裏稼業人を庇うつもりかい？」

「やかましい……。きっちり引導を渡してやるぜ」

「へっ、やれるもんならやってみろい」

二人は同時に前に出る。

「ヤッ！」

「トォー」

二条の刃が激突した。

次の瞬間、どっと蔵人が倒れ込む。

今宵の左門は本身《ほんみ》だった。

押し返した刃を肩に押し付け、そのまま引き斬りにしてのけたのだ。

小手先だけで為したことではない。

全身の力を乗せて刀を振り抜く左門の技量が、蔵人の上を行っていたのである。

「斬ってしもうて良かったのか、おぬし……」

政秀がためらいながら問いかける。

「外道なれど、そやつは町方同心ぞ。しかもおぬしと同じ起倒流ではないか」

「へっ、若造が利いた風なことをぬかすない」

左門は苦笑して見せた。

「俺の仲間に外道はいねぇよ。こんな野郎は、最初っから願い下げだい」

「……」

「仲間といえばお前さんはどうするね、若いの」

左門は静かに問いかけた。

「その気があるんなら俺と組まねぇか。ひとつ面倒を見ようじゃねぇか」

「おぬし、本気で言うておるのか……？」

「覚悟の程はたっぷり見届けさせてもらったよ。さっきは本気で、そいつらのために命を捨てるつもりだったんだろう」

「……」

「かたじけねぇ、政……」

黙り込んだ政秀の傍らで、善左衛門は泣いていた。

その肩に手を置いて、晴吉もしんみりせずにいられない。

「政をお願いいたしやす、旦那ぁ」

「心得たぜ。お前らも達者でな……」

聞けば善左衛門は福伸堂を畳み、裏の商いも廃業する決意を固めていた。晴吉と共に江戸を去り、余生は田舎で心静かに暮らすつもりであるという。

そして一人残った政秀は、晴れて裏十手の一党に加わる運びとなった。

左門から見れば息子に等しい歳の、新たな仲間の誕生であった。

第三章　この子何処《どこ》の子

一

「ん……」

政秀は夜更けの部屋で目を覚ました。

近くで猫が鳴いている。

路地の奥のごみ捨て場を漁《あさ》っているのか。

それとも盛りが付き、本能の赴《おもむ》くままにしているのだろうか。

鳴き声から察するに、どうやら後者であるらしい。

「ふん、お盛んなことよ……」

政秀はごろりと寝返りを打つ。

かつて手習い塾を開いていた、神田明神下の二階家ではない。

土間を除けば四畳半ほどの狭い一室で起き伏しする、裏長屋である。

何とも殺風景な部屋であった。

布団と上掛けの夜着を別にすれば、調度品と呼べるのは枕元に置かれた簡易照明の瓦灯《がとう》のみ。いずれも政秀の私物ではなく、この長屋に引っ越してくると同時に、近所の損料屋《そんりようや》から借りたものだ。

いつも食事は表で済ませるので、箸も茶碗も使わない。什器《じゆうき》と呼べるのは、歯磨きのうがい用を兼ねた湯飲みがひとつきり。

土間に据え付けの竈《かまど》と流しも、ほとんど使っていなかった。

竈には前の住人が置いていってくれた鍋と釜が一応かかっているものの、専ら湯を沸かすばかり。魚や油揚げを焼くための七輪はもちろんのこと、暖を取るのに欠かせない火鉢さえ見当たらなかった。

路地を吹き抜ける、風の音が寒々しい。

十月を迎えた江戸は、陽暦ならば十一月上旬。

陽が落ちるとたちまち冷え込むが日中は過ごしやすく、郊外まで足を延ばせば紅葉が楽しめる時季だったが、そんな余裕など今の政秀に有りはしない。

土間に置かれた雪駄の隣に、ちびた草鞋《わらじ》が揃えてあった。

すり減るほど履き込んだのは紅葉狩りではなく、日銭を稼ぐ人足仕事であちこちに出かけていればこそだった。

過日の事件を経て、政秀の暮らしは一変した。

三輪蔵人が左門によって成敗され、外聞を憚った親族が病死の届けを出してくれたおかげで事なきを得たものの、すべてが元通りというわけにはいかなかった。

蔵人の配下の岡っ引きが政秀に付きまとい、あの男には近付くなと隣近所の人々に警告して廻ったからである。

その岡っ引きは政秀が自ら引導を渡したものの、ばら撒かれた悪い噂まで消し去ることはできなかった。

一人でも不信を抱く親が居れば、子ども相手の手習い塾など続けられない。

政秀が夜逃げを装って明神下から姿を消したのも、やむを得ぬことだった。

それに善左衛門が裏稼業に見切りをつけ、福伸堂を畳んで晴吉と共に江戸を離れたとなれば、神田界隈にとどまり続ける理由は無い。左門の誘いを受け、裏十手の仲間に加わったのを機に心機一転して、住まいも替えたほうがいい。

政秀が左様に割り切って、身ひとつで移った先は日本橋の人形町。

人形芝居の操演者や造型する職人が多いことからその名が付いた一帯には、結城座《ゆうき》に浄瑠璃《じょうるり》の薩摩《さつま》座、隣の堺町《さかいちょう》には歌舞伎芝居の中村《なかむら》座、そのまた隣の葺屋町《ふきやちょう》に市村《いちむら》座まで建ち並び、娯楽を求める老若男女で大いに賑わったものである。

そんな町の賑わいも、政秀が越してきたときには絶えていた。

昨年の十月に中村座が火事になって市村座まで焼け落ち、共に再建を許されぬまま浅草《あさくさ》に強制移転させられてしまったからだ。

幕政の改革を推し進める上で庶民の風紀粛清を重んじて止まずにいる、老中首座の水野忠邦の意向である。

当の庶民にとっては、迷惑もいいところだった。

日本橋からは徒歩でも近い、極めて交通の便のいい一帯だからこそ、より多くの客が足を運んで芝居を楽しみ、活力を得ることができていたのだ。

しかし、忠邦は娯楽を必要としない男。

自身が要らぬものは庶民にとっても不要と見なし、火事が起きたのを幸いに、わざと江戸の中心から離れた地への移転を強いたのだ。

それにしても、強引すぎる。

出火した中村座だけでなく、市村座まで連座させるとはやりすぎだ。

北町奉行の遠山景元が異を唱えたものの移転の話は覆《くつがえ》らず、類焼した結城座と薩摩座ともども立ち退かされたのは、年が明けて早々の二月のことだった。

以来、町の活気は失われて久しい。

夜になれば尚のことで、政秀の暮らす界隈も静まり返っていた。

芝居見物の客の往来が絶えなかった頃は遅くまで開けていた店々も、近頃は日暮れを待たずに閉めてしまう。

店の明かりが漏れないと、通りは暗い。物騒なので近所の人々さえ出歩かず、辺りはますます閑散とするばかりだった。

もとより飲み歩くのを好まぬ身にとっては、熟睡できて有難い。

懐具合は乏《とぼ》しいことも、それほど不安では無かった。

いずれ左門が仕事を回してくれれば、まとまった銭が手に入る。

仕事の内容そのものにも、政秀は期待を寄せていた。

左門曰《いわ》く、裏十手による悪党退治は、命を奪うばかりでないという。

回向院前の料理屋で酒を酌み交わしながら、そう教えてくれたのだ。

悪党には、ふさわしい報いというものがある。

バッサリ斬り伏せて楽にしてやるばかりが、能ではない。

生かしたまま罪の報いを受けさせるべきと見なせば殺しはしないし、御法の裁きに委《ゆだ》ねてもいい。

そうやって、左門たちはさまざまな悪を退治してきたのだ。

人斬りに嫌気が差しつつあった政秀としては、喜ばしい。

やはり、左門の仲間になってよかった。

心機一転し、前向きにやっていこう。

そんなことを思いながら、政秀は再び眠りに落ちていく。

睡眠は、すべての者に公平に与えられた快楽だ。

安普請の長屋でも、夜露が凌げれば上等と思えばいい――。

「うええ、うええ、うええ」

障子戸越しの泣き声に、政秀はまたしても目を覚まされた。

やむを得ず、耳を澄ませる。

盛りのついた猫にしては、どこかおかしい。

泣きわめく合間に、あどけない喃語《なんご》が交じっていたからだ。

「まんま～まんまんまんまんま～」

(赤ん坊……なのか？)

政秀は半信半疑で立ち上がり、土間に降り立つ。

泣き声は絶えることなく、戸の隙間から盛んに聞こえてくる。

寝つきの悪いわが子を母親が表に連れ出し、あやしているのだろうか。

(いや、違うな)

政秀は頭を振った。

十日前に引っ越してきたときの挨拶回りで顔を合わせた限り、同じ長屋に赤ん坊はいないはず。そもそも、声の聞こえてくる位置が低すぎる。

政秀は無言で腰を落とし、じっと耳を澄ませる。

泣き声の主は、どうやら表の敷居際に座っているらしい。

母親はあやすのに疲れきり、しゃがんで抱っこをしているのだろうか。

ともあれ、赤ん坊が表に居るのは間違いなかった。

親が付いているのなら任せておけばいいが、何の気配も有りはしない。

冷え込みの厳しい最中《さなか》に、一体何をしているのか。

政秀は心張《しんば》り棒を外し、障子戸を開く。

その赤ん坊は寒空の下、筒状の籠の中に座らされていた。

東北の地で嬰児籠《えじこ》と呼ばれる、育児用の寝床だ。

保温用のぼろ布を内側に詰め、底には藁や木炭を敷いて、大小便を漏らしても安心な造りになっているので、おむつも要らない。

見慣れぬ籠の中で赤ん坊は盛んに体を海老反《えびぞ》らせ、声を張り上げて泣いていた。

政秀はそっと指を伸ばし、真っ赤になった頬に触れる。

まるい頬から顎の下までしたたり落ちた涙で、上半身を覆った産着《うぶぎ》の襟がしとどに濡れている。

籠の中にたっぷり詰められたぼろ布のおかげで、まだ体は冷えきっていない。

だからといって、このまま放置しておくわけにもいくまい。

「くっ……」

政秀は視線を左右に走らせる。

夜更けの路地は静まり返っていた。

どの部屋も明かりは消えており、咳《しわぶき》ひとつ聞こえてこない。

引っ越してきた部屋は、ちょうど長屋の真ん中辺り。

他はすべて、古株の住人たちで埋まっている。

せめて一人や二人は止まぬ泣き声で目を覚まし、様子を見に出てきても良さそうなものなのに、誰も姿を見せる気配はない。

よほど眠りが深いのか。

それとも、我関せずを決め込んでいたいのだろうか——。

できれば政秀もそうしたかったが、今さら見殺しにしては寝覚めが悪い。

心なしか泣き声は弱々しく、ぜいぜい言っているようにも聞こえる。

このままではいけない。

夜の冷たい空気を吸い過ぎれば、大人でも喉をやられてしまう。

倍も呼吸をする上に、肉体がまだまだ未熟な赤ん坊ならば間違いなく風邪をひくであろうし、下手をすれば肺まで痛めて命に関わりかねない。

そんな予想が付いていながら、放っておくことはできなかった。

（仕方あるまい……）

溜め息をひとつ吐き、政秀は籠ごと赤ん坊を抱き上げる。

出過ぎた真似なのは分かっていたし、何より政秀は叩けば埃の出る体。後になってから手に余ったところで、町奉行所と繋がっている自身番になど届け出られまい。

百も承知の上だったが、目の前で弱っていく赤ん坊を見殺しにはできなかった。

ひとまず引き取り、世話をしよう。

柄にもなく出した仏心が思わぬ災厄を招くのを、政秀はまだ知らない。

二

「子どもだって⁉」

左門がその話を耳にしたのは、二日の後のことだった。

政秀が律儀《りちぎ》に知らせてきたわけではない。

鉄平の女房のおかねが、赤ん坊と一緒に居る政秀を見かけたのである。

おかねが人形町まで足を運んだのは、長年『かね鉄』を贔屓にしている人形町の小間物屋のご隠居に待望の初孫が誕生したと聞き及び、祝いの品を届けるため。赤ん坊の顔を拝ませてもらい、産後の肥立ちも良好な家付き娘の若おかみと二人で談笑しているところに、貰い乳を頼みに政秀が現れたというのだ。

「するってぇと鉄、あいつが男手ひとつで赤んぼを育ててるってのかい？」

「へい。おかねが声をかけても人違いだと言い張ったそうですが、まず間違いはありやせんよ」

「そうだったのかい。あの野郎、瘤《こぶ》付きなのを隠していやがったな……」

鉄平が淹れてくれた茶に手も付けず、左門は苛立たしげにつぶやいた。

昼下がりの『かね鉄』は、まだ口開け前。板前も仲居も休憩中で、店を仕切る立場のおかねも、近所まで用足しに出かけていた。

回向院の門前に在る『かね鉄』は、界隈でも人気の料理屋だ。

こぢんまりしていて店の構えも派手ではないが、いつも客の入りは上々。倹約令に反すると見なされて幾多の店が休業を余儀なくされ、浅草は山谷《さんや》の『八百膳《やおぜん》』でさえ表向きは店を閉め、仕出し専門の商いしかできずにいる昨今だけに、座敷に上がって美味いものが食えるだけでもありがたいと重宝《ちょうほう》されていた。いつも左門がさりげなく目を光らせているので贅沢を取り締まる役人衆に乗り込まれる恐れが無く、安心して酒と料理を楽しめるのも、人気の理由のひとつとなっていた。

そんな『かね鉄』に左門は政秀を招き、共に一献傾けたことがある。それでおかねは顔を覚えていたのだ。

「おい鉄、それからどうなったんだい」

「若おかみは乳の出もよかったんで、欲しがるだけ飲ませてやったそうでさぁ。そしたら満腹になったとたんに粗相をしたもんで、大騒ぎになったとか」

「赤ん坊ってのは、ちょいとした弾みですぐに漏らしちまうからな。それにしたってお前、おむつぐれぇはさせてたんだろ?」

「それが旦那、着物の下はすっぽんぽんだったそうでさ」

「おいおい、それじゃ目も当てられねぇやな」

「お察しの通り、若おかみはびしょ濡れにされちまって仰天したそうで……うちのが取り成したんで大ごとにゃならなかったそうですが、男手ひとつでは下《しも》の世話をするのも行き届かず、いつも嬰児籠に入れて好きにさせているものでと、政さんは平謝りだったらしいですぜ」

「嬰児籠？　そんな珍しいもんを使ってんのかい」

左門は驚いた声を上げた。

「こないだ日光まで道中したときに、街道筋で山ほど見たよ。野良仕事をしてる間も赤んぼを大人しくさせておけるし、垂れ流させときゃおむつを替える手間もいらねぇんで重宝するそうだが、お江戸のどこで手に入れたんだろうなぁ」

「そこまではうちのも聞いちゃおりやせんが、まるまる太った男の子だそうでさ」

語りながら、鉄平は頬をほころばせていた。

大の子ども好きなのである。

鉄平とおかねは夫婦仲がすこぶる良かったものの、子宝を授かることが叶わぬまま共に齢《よわい》を重ねてしまった身。近所のちび連にいつも菓子など与えて、寂しい気持ちを紛らわせている。

しかし、左門の表情は渋かった。

「あいつに子どもが居るのなら、仲間にしておくわけにはいかねぇな……」

「そんなにまずいことなんですかね、旦那」

「当たり前だ。足手まといになるだけだぜ」

「ちょいと厳しすぎやしねぇですかい。何も斬った張ったをするとこに連れてくわけじゃありやせんぜ」

「だから余計に危ねぇんだよ。あいつが留守にしている隙に子どもをかっさらわれちまったら、俺まで動けなくなるじゃねぇか」

「成る程ねぇ……耀甲斐や榊原の野郎だったら赤んぼを人質にして、旦那を脅すネタにしかねないってことですかい」

「そういうこった。人の弱みに付け込むのが、あの連中の十八番《おはこ》だからな」

左門は顔をしかめた。

「俺らはそういう汚え奴らを、敵に廻しちまっているんだよ。瘤付きにゃ無理だってことを、あの若いのに得心させなくっちゃなるめぇ。一度は許したことを反故《ほご》にするなんざ俺だって心苦しいけどよ、腕ずくでも仲間から抜けてもらうぜ。子どものためにも、そうしなくちゃいけねぇ」

「ですけど旦那、子どもだったら山田の若先生や半さんのとこにも居なさるじゃありやせんか」

「若先生の吉豊《よしとよ》ぼっちゃんだったら、お屋敷に腕っこきの門人衆が大勢住み込んでいなさるから、何の心配もいらねぇやな。半さんとこの吉太郎《よしたろう》には勝太《かった》って心強え叔父さんが付いてるし、押し借りをしに来やがる蔵宿師《くらやどし》を追い返すのに慣れた手代だって幾人も居るのだぜ。何より、どっちも山の神がしっかり留守を守っていなさるからな……。だけどよぉ、政秀はそうもいかねぇだろうが」

「そうでござんした。政さんは独り身でしたね」

「せめて、しっかりした女房が居てくれればよかったんだがな……」

左門は溜め息を吐く。

ともあれ結論が出た以上、政秀と話を付けなくてはならない。

ずいと左門は腰を上げた。

すかさず鉄平も腰を浮かせる。

それを左門は大きな手のひらで押しとどめた。

「お前は控えていてくんな、鉄」

「旦那お一人でよろしいんですかい」

「安心しな」

案じ顔で問うてくるのに、左門は笑顔で答えた。

「俺にだって分別ぐれぇはあらぁな。赤んぼの前でやり合ったりはしねぇから、お前さんは持ち場の見廻りをしていてくんな」

「承知しやした。お任せくだせぇ」

「それにしてもあの野郎、いつの間に子どもなんかこさえたんだろうな」

「実はあっしも、そのことがずっと気になっておりやした……引っ越し祝いを届けたときにゃ、影も形も有りやせんでしたよ」

「するってぇと、この十日ほどの間に降って湧いたってことかい」

「うーん……」

「とにかく会ってくるとするぜ。じゃあな」

鉄平に一言告げて、左門は暖簾を潜る。

たしかに、実情を確かめてからでなくては何も言えまい。

まず把握しなくてはならないのは、赤ん坊の父親である。

本当に政秀の子どもだったとしても、非難はすまい。

残念ながら裏十手の仲間からは外れてもらうにしても、親子で食っていけるだけの仕事は周旋してやるつもりであった。

三

赤ん坊の面倒を見るのは、つくづく甘くない。

男手ひとつでは、尚のことだ。

拾って三日と経たないうちに、政秀は嫌と言うほど思い知らされた。

今日も日は暮れ、夜が来た。

相も変わらず寒々しいが、火鉢を入れた部屋は暖かい。

嬰児籠の中で、赤ん坊はぐっすり眠っていた。

保温のために内側に詰められたぼろ布も、底に敷かれた藁と消臭用の木炭もすべて新しいものに取り換えてある。

政秀は足を伸ばし、柱に寄りかかって目を閉じていた。

腕を組んで下を向き、すぅすぅ寝息を立てている。

眠くなるのも、無理はない。

朝は暗いうちから泣き声で目を覚まし、夜中もひっきりなしに起こされる。

まとまった睡眠をとるのがままならなければ、赤ん坊が大人しくしている間に集中して休むしかなかった。

「うーん……」

政秀は心地よさげに横になる。

ぐずり泣きが始まったのは、熟睡しかけた矢先のことだった。

「うええ！　うええ！　うええ！　うええ！」

政秀はゆるゆると視線を向ける。

無精髭の伸びた顔は、見るからに疲労の色が濃い。

それでいて、落ち着いてもいる。

泣き出すたびに驚かされる段階は、疾《と》うに過ぎた。

「……おぬし、いつまで俺のところに居るつもりか。父御と母御は、いつになったら迎えに参るのだ？」

生まれて半年ばかりの赤ん坊が、何を言われても分かるはずがない。

愚かな真似をしているのは、もとより政秀も承知の上だ。

それでも、今は愚痴《ぐち》らずにはいられなかった。

「そも、おぬしの親御は何者なのだ。よりにもよって独り身の、それも素寒貧《すかんぴん》の男に赤子を託して去るとは、心得違いも甚だしいぞ。これおぬし、聞いておるのか？」

もちろん、返ってくるのは泣き声ばかりである。

「うぇえ、うぇえ、うぇえ……」

いつまでも馬鹿な真似はしていられない。

深々と溜め息を吐き、政秀は立ち上がった。

まずは瓦灯ににじり寄り、素焼きの蓋をそっと開ける。

深い碗の形をした蓋を持ち上げたとたん、部屋の中が明るくなった。

瓦灯は浅い陶器に灯心と油を仕込んで火を燈したもので、就寝中には必ず上から蓋をかぶせておく。寝具や着物に燃え移るのを防ぐためで、側面に設けられた切れ込みから光が漏れ出ていれば、常夜灯として十分に事足りる。

もっと部屋を明るくしたいときは蓋を取り、灯火を剝き出しにすればいい。

嬰児籠にさえ入れておけば、誤って赤ん坊にひっくり返される恐れも無い。

「米はぎりぎり足りるかな……」

ぼやきながら、政秀は台所に立つ。

いつの間にか、以前は無かった道具が増えていた。

おひつに米びつ。杓子《しゃくし》にしゃもじ。そして、笊《ざる》に土鍋。

いずれも赤ん坊を拾った翌日早々に損料屋へ走り、借りてきたものである。ただでさえ乏しい蓄えが更に減ってしまったが、止むを得まい。

飯炊きに必要な道具を揃えたのは、重湯《おもゆ》を作るためであった。

ほぼ一刻半（約三時間）ごとに、赤ん坊は腹を空かせて目を覚ます。

日中は界隈の家々を訪ねて廻り、貰い乳をすればいい。

困るのは陽が沈み、夜が更けてからのことだ。

切なげに空腹を訴えてくるのを朝になるまで放ってもおけず、政秀は粥《かゆ》を炊いてはさらしで漉《こ》した重湯を飲ませ、一時しのぎをするのが常だった。

竈の火をいちいち熾《おこ》すと薪代も手間暇もかかってしまうが、七輪《しちりん》ならば手軽な上に燃費も安く済むので有難い。

政秀は手際よく支度を進めた。

まずは、甕《かめ》に汲み置きの水で米をとぐ。

小石や籾殻《もみがら》が交じっていないかどうかを、目を細くして確かめるのも忘れない。

洗った米を土鍋に仕込み、一対十の割合で水を張る。

炊き上がるまでにかかる時間は、ざっと四半刻（約三十分）。

待たせる間の一時しのぎに、政秀が用意したのは米のとぎ汁。流しに捨ててしまうことなく、茶碗に取っておいたのだ。

与えるのに用いた道具は、さらしを丸めたタンポだった。

重湯を飲ませるためにも、政秀は同じものを使っている。

木匙ですくって口許まで運んでやってもこぼしてしまうため、母親の乳を吸うときと同様にしてやったのである。

赤ん坊がタンポにしゃぶりついた。

ちゅうちゅう音を立てる様は、無垢《むく》そのもの。

「ふっ……」

政秀の顔に、思わず笑みが浮かぶ。

やはり、幼子は可愛いものだ。

顔立ちがはっきりしてくる、今の時期の愛らしさはまた格別だった。

こうして接していれば、憎かろうはずがない。

とはいえ、毎日の世話がキツいのは事実。

できることなら一刻も早く、親に引き取ってもらいたい。

しかし、現れる兆しはまったく無かった。

新しい長屋に移って早々に、捨て子をされるとは何たる不運か。

以前の政秀ならば、嬰児籠を置かれる前に気配を察していただろう。

日中の人足仕事で疲れきり、深く眠り込んでしまったのが災いしたのだ。

それは猛省すべきとして、政秀には解《げ》せないことがひとつある。

長屋の路地と表の通りを隔てる木戸には錠前が掛かっていたにも拘わらず、如何にして入り込んだのかが、見当も付かないのだ。

翌朝早々に政秀が調べたところ、塀を乗り越えた跡は見当たらなかった。

考えてみれば軽くても嵩張《かさば》る嬰児籠を担いだ上で、大人の身の丈より高い塀によじ登ること自体が、そもそも無理な相談だろう。

政秀ならば屋根伝いに忍び込むのも容易《たやす》いことだが、そんな真似をしてまで面倒な場所に捨て子をした理由が見えなかった。わざわざ長屋の路地など選ばずとも、表の通りでよかったはずだ。

そもそも、どうして政秀の部屋の前に置いていったのだろうか。

まったく訳が分からない。

他の者に拾われていれば、赤ん坊も米のとぎ汁など飲まずに済んだはず。

捨て子は届けを出せば町役人《ちょうやくにん》によって保護され、同じ町内で費用を出し合って面倒を見ることになっているからだ。

しかし、政秀は届け出るわけにいかなかった。

捨て子の届けは町奉行所にも行くため、こちらの素性が分かってしまう。

三輪蔵人が死したとはいえ、油断はできない。

政秀の住まいを突き止められ、捕方など差し向けられたら万事休《ばんじきゅう》す。

左門も北町の同心である以上、庇ってはくれまい。

そう思えば、届けなど出せはしない。

赤ん坊を見捨てておけぬ以上、捨て子を拾ったとは周囲に気付かれることなく世話をするより他に無いのだ。

それにしても、お先真っ暗であった。

手持ちの銭が尽きてしまえば、粥を炊く米も買えなくなってしまう。

すでに残りは百文を切っていた。

人足仕事に出かけたくても、赤ん坊を預ける相手がいなかった。

隣近所にうっかり頼み、捨て子と疑われては元も子もあるまい。

善左衛門と晴吉が江戸から姿を消してから、政秀は独りきり。

裏十手の一党のことも、まだ完全に信用できてはいなかった。

子どもを抱え込んだと知れば、左門は仲間から抜けさせようとするだろう。政秀が一党を束ねる立場ならば、同じ判断をするからだ。あくまで知られぬように振る舞わなくてはなるまい。鉄平の女房を無視したのも、そう思えばこそだった。

だが、このままでは表も裏も仕事ができない。

何とか稼がなくてはならなかったが、赤ん坊を見捨てるわけにもいくまい。

堂々巡りであった。

幼子に罪は無いと分かっていても、気は滅入《めい》るばかりである。

むろん、一番悪いのは親だった。

何の理由があって政秀に子どもを託したのか、まるで見当が付かない。

(俺でなくともよかったはずだ。また何故に選ばれてしもうたのか……)

政秀の悩みは深い。

しかし、何かしながら考え込むものではない。

赤ん坊の世話をしている最中となれば、尚のことだ。

政秀はとぎ汁にタンポを浸したまま、口許に運ぶのを忘れている。

そればかりか、七輪の土鍋が吹きこぼれかけているのにも気付かずにいた。

「おい、若いの！　寝ちまったのかい！」

「おぬし……」

ハッと政秀は目を向けた。

いつの間に現れたのか、左門が土間に立っている。

折よく訪ねて来て、中の様子がおかしいと気付いてくれたのだ。

左門は鉄平に持ち場の見廻りを任せ、あれから早々に人形町まで出向いた。後回しにしていれば、間に合わなかったことだろう。

挨拶するより早く、土鍋の蓋に手を伸ばす。

「あち、あち」

耳たぶをつまんで指先を冷ましながらも、蓋をずらした鍋が吹きこぼれずに済んだのを確かめることは忘れない。

「これで良しと……」

ホッと左門は吐息を漏らす。

だが、手放しに安堵してはいられない。

次は政秀に説教をする番であった。

火の扱いを疎《おろそ》かにしていたとなれば、市中の治安を預かる町方同心の立場として見逃せない。

赤ん坊の件を問い質すのは、叱り付けた後のことだ。

「おい若いの、何をやってんだい」

黙り込んだ政秀をじろりと見返し、左門は続けて言った。

「お前さんも分かっちゃいるだろうが、七輪ってのは手軽なだけに怖ぇもんだ。粥をちょいと焦げ付かせたぐれぇで済めばよかろうが、下手ぁ打って火でも出したら一体どうするつもりだったんでぇ？」

「……………」

返す言葉もなく、政秀はうつむくばかり。

一方の赤ん坊は不思議そうに、じーっと左門を見上げていた。

無垢な目と目を合わせれば、笑みを誘われずにはいられない。

思わず左門が微笑むや、赤ん坊もにこっとする。

「へへへ……」

皺だらけの顔を、左門は嬉しげにほころばせた。

政秀も、安堵の表情を浮かべている。

厄介者だったはずの赤ん坊が時の氏神《うじがみ》となり、まだ言葉も喋れぬのに仲裁役をしてくれるとは、思ってもみなかった。

ともあれ、これ以上は怒れまい。

「まぁ、次からは気を付けるのだぜ」

説教を締めくくると、左門は政秀の手許を指さした。

「ところでお前さん、いつまでそうしてるつもりだい」

「えっ」

「そいつを赤んぼに吸わせるつもりなら、早くしてやんなよ」

続いて左門が指さしたのは足許に置かれたままになっていた、とぎ汁の碗。

「さっきから口をとんがらせてるのが分からねぇのかい？　ああするのは腹ぁ空かせてるしるしなのだぜ」

見れば、赤ん坊は唇をすぼめている。

一丁前に催促するかの如く、肩まで揺すっていた。

「す、すまぬ」

政秀は慌ててタンポを取り、口許へと持っていく。

赤ん坊は待ってましたとばかりに吸い付いた。

あひるのような口をして、ちゅうちゅうするしぐさが愛らしい。

「へっへっへっ、やっぱり可愛いもんだなぁ」

一滴残さずに飲み干す様を、左門は笑顔で見守る。

政秀を咎めるつもりは、すでに無い。

赤ん坊の可愛さにすっかりやられ、先程から目じりを下げっぱなしだった。

捨て子と聞かされれば尚のこと、責める気になりはしない。

「するってぇと、お前さんちの前に嬰児籠ごと置き去りにされてたのかい?」

「うむ……初めてのこと故、驚いたよ」

「そりゃお前、慣れてる奴なんか居やしねぇよ」

「それはそうだな。はははははは」

「へっ……」

二人は笑みを交わし合う。

大人たちのやり取りなど意に介さず、赤ん坊はとぎ汁を吸うのに忙しい。

「気持ちのいい飲みっぷりだ。角馬が小せぇ頃を思い出すぜ……」

つぶやく左門の口調は、懐かしくも切なげだった。

自分もその気になれば、もっと息子に構ってやれたのではないだろうか。

そんなことを思い出していたのである。

武家でも格式が高ければ育児はすべて奉公人任せにするのが当たり前だが、町奉行所勤めで三十俵二人扶持、しかも言葉も身なりも町人並みにくだけているほど仕事になる廻方同心ならば、子煩悩になってもよかったはずだ。

だが、左門は己の立場を優先しすぎた。

江戸中の悪党どもを震え上がらせた『北町の虎』が、わが子を溺愛して止まずにいるのが街の噂になってはいけないと肝に銘じ、甘えてくるのを敢えて突き放していたのである。

それだけが息子が横道に逸れた原因とは思いたくなかったが、ひとつのきっかけになったのは間違いない。

無邪気な赤ん坊を前にして、左門は悔いていた。

(俺は虎だなんて気張らずに、豹ぐれぇで十分に御用は務まったはずだぜ。さすがに猫呼ばわりされちゃ、示しも付かなかっただろうが……)

後悔先に立たず、である。

老い先短い身で、同じ過ちを繰り返したくはなかった。

角馬のことはもちろんだが、この赤ん坊も不幸にしたくない。

政秀を信用しないわけではなかったが、本当に大丈夫なのだろうか。

粥をさらしで漉す作業に集中する横顔は、以前よりも痩せていた。

ひっきりなしに起こされて、眠りが足りずに憔悴してもいるのだろうが、見るからに食が足りていない。

案の定、政秀は碌な食事をしていなかった。

「これより夕餉《ゆうげ》にいたすが、おぬしは何といたす」

「振る舞ってくれるのかい？」

「先程の礼をさせてもらいたい。ただし、この粥だけだぞ」

「そいつぁ一向に構わねぇが……もしかしたらお前さん、ずっと粥腹で過ごしてるんじゃねぇのかい」

「いろいろと物入りなのでな」

苦笑しながら、政秀は重湯を漉し終えた。木彫りの汁椀に取って冷ましたのを欲しがるだけ飲ませ、余りは夜中と翌朝に取っておくのだ。

赤ん坊がとぎ汁を飲み干し、空になった碗に政秀は手際よく粥を盛る。

当の政秀は、なぜか湯飲みを手にしていた。

食事の前に白湯《さゆ》でも飲むのかと思いきや、しゃもじで粥を盛り付け始める。

「おいおい、湯飲みで飯を食うのかい？」

「致し方あるまい。汁椀には重湯を入れてあるからな」

「そりゃ、そうだけどよぉ」

「おぬしが気にするには及ばぬよ。さぁ、食ってくれ」

「お、おう」

笑顔で差し出す箸と碗を、左門は気まずい面持ちで受け取った。

気にも留めず、政秀は赤ん坊に重湯を吸わせる。

満足した赤ん坊がうとうとし始めたのを見届け、二人は食事を始める。

粥の味は薄かった。

重湯を漉した後で一応は塩を振ってくれたものの、明らかに量が足りない。

それでも心づくしの一品とあれば、文句は言えまい。

粥をすすりながら、二人は言葉を交わした。

「お前さん、どうして町役人に届け出なかったんだい？　手習いの宗匠だったんなら捨て子の面倒を見てもらえることとぐれぇ、承知の上だろうが」

「叩けば埃の出る身なれば、止むを得まい……。よりによって裏稼業人の住まいの前に捨てていくとは、この子の親御も殺生な真似をするものよ」

苦笑しながら、政秀は湯飲みを傾ける。

どうやら箸も一組だけらしく、直《じか》に口の中へ流し込んでいた。

もはや、左門も余計なことは指摘しない。

まず考えるべきなのは、赤ん坊の処遇である。

男手ひとつで世話をし続けるのは、現実として難しい。

政秀の懐具合がよくないというのであれば、尚のことだろう。

そのうちに行き詰まるのは、目に見えている。

左門は静かに箸を置いた。

「おぬし、もうよいのか」

政秀が不思議そうに問うてくる。

「いや、後から残さず頂戴するぜぇ」

そう前置きした上で、左門は言った。

「なぁ、その赤んぼを俺に預けちゃみねぇかい」

「えっ……」

「お前さんにゃ、その腕を存分に振るってもらいてぇ。赤んぼの世話にかかりきりになって衰えたなんてことになりゃ、仲間にした甲斐がねぇだろ？」

「されど、おぬしも」

「男やもめだから、無理だって言いてぇのかい。へっ、これでも人の親だぜ」

戸惑う政秀に、左門は余裕の笑みを見せつける。

「それにな、うちには頼りになるのがいるんだよ」

「お熊殿のことか？」

「そういうこった。あのおてんばに花嫁修業がてら、ちょいと子育ての稽古をさせてやりてぇのさ」

「有難い限りだが……まことに構わぬのか」

「当たり前だろ。俺から頼んでいることなのだぜ」

「願っても無いことだ。ぜひとも頼む」

たちまち政秀は喜色満面。

少しは迷うだろうと見なした左門が拍子抜けするほど、乗り気であった。

「任せておきねぇ」

左門は胸を叩いてみせた。

この有り様を目《ま》の当たりにしたからには、放っておけない。

幸いなことに、必要な環境は整っている。

八丁堀の組屋敷は、お熊と二人きりで暮らすには広すぎる。

狭い長屋の一室で籠に入れて過ごさせるよりも伸び伸びできるはずであるし、貰い乳では足りずに米のとぎ汁や重湯を吸わせていては、今は福々しく肥えていても丈夫には育つまい。

その点、八丁堀ならば安心だった。

左門の顔が利くので貰い乳をするのを断られることもないし、足りぬときには伝手《つて》を頼って、山羊《やぎ》の乳を届けてもらうこともできる。

それに左門の手許に置いておけば、耀蔵も忠義も手は出せまい。

八丁堀は南北の町奉行所に勤める、与力と同心の屋敷町だ。

警戒も厳しいため、誰にも気付かれずに赤ん坊を連れ出すなど無理な相談。しかも南町奉行と目付が共謀し、許されぬ所業に及んだと発覚すれば一大事である。こちらに引導を渡すどころか、自分たちの首を絞めることにもなりかねないだろう。

左門はそこまで思案をした上で、赤ん坊を引き取ろうと決めたのだ。

「恩に着るぞ、嵐田殿」

政秀は深々と頭を下げる。

思わぬ提案を一も二も無く受け入れ、心から安堵していた。

四

かくして赤ん坊の身柄は八丁堀に移されたが、いざ預かるとなると大変だった。

「ふえ〜え〜え〜え〜」

今日も朝から泣き止まず、世話をするお熊はてんてこまい。

「ったく、また漏らしちまったのかい……」

疲れた顔で盥とさらしを抱え、赤ん坊の寝床に急ぐ。

乳飲み子が泣き声を上げるのは、空腹なときだけとは違う。

おむつが濡れたときは長く尾を引く、ぐずり泣き。

嬰児籠で垂れ流させるばかりでは、大きくなってから我慢ができなくなるのではと左門が案じて締めさせるようにしたものの、まだ慣れていなかった。

ひっきりなしに漏らされては、お熊も堪ったものではない。

「今さっき替えたばっかりなのにさぁ……ほんとにもう……」

相手に罪は無いと分かっていても、お熊はぼやかずにいられない。

左門が赤ん坊を連れて来て以来、ずっと寝不足続きだった。

赤ん坊は何事も、泣き声を上げて要求する。

構ってもらいたくて甘えた声を上げていたと思えば、気に食わぬことがあれば非難するような響きを帯びて泣くので、小さくても油断ができなかった。

左門もまた、寝不足と子守り疲れで身が保《も》たない。

毎日眠い目をこすりながら見廻りをしていては、自ずと足の運びも鈍りがち。

付き添う鉄平は気が気でなかった。

「やっぱりあっしが預かりますよ、旦那ぁ」

「いや……それには及ばねぇ……」

ふらつく左門は目も真っ赤。

思わぬ人物が助け舟を出してくれたのは、預かってから半月後のことだった。

「しばらく会わぬ間にやつれたな、嵐田殿」

「お分かりになりますかい、若先生……」

「こちらにも覚えがあるのだ。拙者も幸も若くして親になった故、赤子の世話は毎日大童《おおわらわ》だったものよ」

山田吉利は白い歯を見せて微笑んだ。

御様御用首斬り役の次代を担う吉利は、夫婦養子である。

最初は門人だったのが様剣術の腕前を認められ、先に山田家の養女となっていた幸と祝言を挙げる運びとなったのだ。

めでたく後継ぎに恵まれて、一門の将来は安泰。

自身に余裕があればこそ、救いの手を差し伸べても無理がない。

「かっちけねぇ、恩に着ますぜ」

何も、すべてを若い夫婦に任せきりにするわけではない。

未熟なお熊と老いた左門では、赤ん坊の世話をするのは難しい。

その点は反省した上で、できることをする。

赤ん坊の親を捜し出し、引き合わせるのだ。

「それまでのことでござんすが、お願いできやすかい」

「任せてくれ。弟代わりが来てくれて、吉豊も喜ぶであろう」

答える吉利に気負いはない。

左門を信じ、こちらも己にできることをするのみであった。

かくして、赤ん坊は山田家に預けられた。

幸が世話をしてくれるとなれば、左門も安心して任せられる。

むろん、預かってもらったのはあくまで一時のこと。

実の親を一日も早く捜し出し、赤ん坊と引き合わせなくてはならない。

体調が回復するのを待って、左門は鉄平と共に親捜しを始めた。

「何か知らせは届いたかい、鉄？」

「まだありやせんねぇ」

調べを終えて『かね鉄』に戻った左門に、鉄平は申し訳なさそうに答える。

「それにしても稀有《けぶ》（奇妙）なこったぜ……」

鉄平の淹れた茶を啜りながら、左門はぼやく。

人形町界隈が持ち場の同僚に断りを入れ、政秀の長屋を含めた一帯を改めて調べてみたものの、捨て子の情報は皆無であった。

嬰児籠を抱えて表を歩いていれば、嫌でも目立つ。

誰も見かけた者がいないというのは、明らかにおかしい。

一体、どうやって長屋の路地に運び込んだのだろうか。

「まさか空を飛ぶわけにゃいくめぇし……どういうこってすかね、旦那ぁ」

鉄平も首をひねるばかり。

しばらくの間、山田家の世話になるより他になさそうであった。

そんな苦労を、政秀は知らずにいた。

赤ん坊を左門に預けて安心し、伸び伸びと毎日を過ごしていた。

気分が上向きになれば、財布の紐も緩くなる。

以前は表で食事をしていても贅沢を控え、屋台の蕎麦や稲荷寿司で済ませていたが近頃は天ぷらや握り鮨の味を覚え、費《つい》えが嵩《かさ》んでいた。

赤ん坊の世話から解放された反動は、意外なほどに高く付いた。

「ううむ、これでは足りぬな……」

巾着を幾ら降っても、出てくるのはびた銭ばかり。

速やかに稼がなくてはならないが、寒空の下で人足仕事に励むのもキツい。

寒さと疲れも辛くはあったが、何より単調さに参っていた。

その点、裏十手ならば気を入れて取り組める。

むやみに人斬りをしなくてもいいのも、喜ばしい。

それに、左門は政秀の腕を買ってくれている。

この腕を見込んで仲間に迎えたのだから、いざ仕事となれば分け前も弾んでくれるに違いない。

政秀が慢心したのも無理はあるまい。

だからといって、いきなり訪ねたのは早計だった。

「何だ、誰かと思えばお前さんかい」

「その節は世話になったな、嵐田殿」

夜更けの『かね鉄』は客もあらかた引き上げ、二階の座敷が空いていた。

向き合って座るや、政秀は無遠慮に話を切り出す。

「時におぬし、仕事はまだなのか？」

「仕事だと」

「このままでは長屋の店賃も払えぬのだ。何とかしてくれ」

「おめぇ……」

左門は呆れずにいられなかった。

何と気楽なことを言い出すのか。

こちらは赤ん坊の親捜しで、足を棒にしているのである。

左門は無言で政秀を見返す。

しばらく見ぬ間に、顔色はすっかり良くなっていた。

体も以前の張りを取り戻し、むしろ肥えている。

慢心の為せる業だと、左門は一目で見抜いた。

「……おい、若いの」

「何だ」

政秀は平然と見返す。

そんな素振りにも、腹が立った。

かくなる上は、厳しく出るのも止むを得まい。

ずいと左門は身を乗り出した。

「いい気なもんだな、え？」

言い返す隙を与えず、畳みかける。

「俺と鉄は赤んぼの親捜し、山田の若先生と奥方は世話を引き受けてくだすっているのだぜ。てめぇはその間に何をしていやがった⁉　憂さ晴らしに無駄飯食って、ぶくぶく太っただけじゃねぇのかい」

「む……」

「他人事《ひとごと》みてぇな面《つら》をするんじゃねーよ、若造」

「……」

政秀に返す言葉は無い。
左門の叱咤で反省し、自らも親捜しに乗り出す所存であった。

五

政秀が目を付けたのは、長屋の前に建つ表店《おもてだな》だった。
両替商を営んでおり、羽振りがいい。
(有り得ぬことだが……考えてみるか)
政秀は先入観を捨ててみた。
この家が捨て子をするのなら、どのような手が考えられるのか。
まずは、長屋の路地に入らなくてはならない。
(木戸は間違いのう閉じられておったはず……さて、俺ならば何とするか)
そんなことを考えながら、表通りから路地に入る。
日中の通行は、もちろん何の障りも無い。
「わーい!」
「待てっ」

長屋の子どもたちが、元気に路地を駆け抜けていく。
後に続き、政秀は静かに歩を進めた。
(何か手がかりが有るはずぞ。見落としていることはないか……)
自分の部屋の前まで来たところで、不意に行く手を遮られた。
「ごめんなさいよ」
左手から姿を見せたのは、両替商で働く女中。
水を汲みに行くらしく、両手に桶をぶら提げていた。
表店の勝手口は、裏の路地とつながっている。
井戸も厠《かわや》もごみ捨て場も、勝手口から出てきて好きに使えるのだ。
「あー、忙しい」
大きな尻を振りながら、女中は井戸端へ急ぐ。
後ろ姿を見送っていて、政秀は不意に気付いた。
(そうか……勝手口だ!)
完全な盲点だった。
勝手口さえ使えば、いつでも表店から路地に出入りできる。
その気になれば、捨て子をするのも自在だった。

人気《ひとけ》が絶える夜中ならば尚のこと、やりやすかったはずだ。

後は何者が捨てたのか、じっくり調べ上げればいい。

左門に知らせるつもりはなかった。

いつまでも若造呼ばわりをされたくはないし、こちらにも意地がある。

(もとより他人事とは思うておらぬ……あの子の親御、必ずや捜し出すぞ)

意地だけで事を為したいわけではなかった。

政秀にも、情というものがある。

図らずも世話をした赤ん坊のことを、もとより嫌ってなどいない。

慌ただしさから解放され、反省を経た今は、その身を心から案じていた。

なればこそ麴町《こうじまち》まで足を延ばし、平河町《ひらかわちょう》の山田屋敷を訪ねて、赤ん坊に会うことを怠らずにいるのだ。

最初は見る目が厳しかった吉利と幸も、近頃は政秀が赤ん坊を散歩に連れ出すのを許してくれるようになっていた。

そんな政秀が何者かに襲われたのは、両替商が怪しいと見込みを付けた矢先のことだった。

何も夜討ちをされたわけではない。

常の如く山田家を訪ね、赤ん坊と散歩をしている最中に斬りかかられたのだ。

「む！」

ダッと地を蹴って跳び、袈裟がけの斬撃《ざんげき》を躱す。白昼堂々、人通りが絶えた隙を突いての凶行であった。

襲ってきた武士は、遊び人風の派手な着流し姿。

軽々しい雰囲気を漂わせていながら、腕は立つ。

視界が狭まる編笠をかぶったままで、これほど正確に刃筋《はすじ》を通すことができるとは尋常ではない。

おぶった子どもごと、政秀を斬り捨てる気だ。

「うぬ、何奴か！」

問うたところで答えは無い。

ここは力でねじ伏せるより他にあるまい。

しかし折悪しく、政秀は両手が塞がっていた。

赤ん坊をおぶったままでは、帯前の鎧通しを抜くのもままならない。

武士は容赦なく迫り来る。

政秀ばかりか赤ん坊にも情けをかけることなく、狙いすまして斬り付ける。
躱すばかりでは埒が明くまい。
こちらの命を奪うまで、引き下がる気は無いのだ。
(ままよ!)
政秀は眦を決した。
目測で間合いを見極め、再び迫り来るのを待つ。
前蹴りを放ったのは、振りかぶった直後のことだった。
一瞬でも遅ければ、すぱりと足を断たれていただろう。
しかし、僅差《きんさ》で決まった蹴撃《しゅうげき》は功を奏した。
弾みで武士の編笠が吹っ飛ぶ。
露わになった顔は、派手な身なりに見合った色男。
それでいて、凶悪な雰囲気は隠しようもなかった。
「おのれ、覚えておれ!」
捨て台詞は呪詛《じゅそ》の響きを帯びていた。
執念深そうな男と言うしかあるまい。
ともあれ、危機は去った。

政秀はそっと赤ん坊を下ろす。

「よう大人しくしておったな。偉いぞ」

「きゃはは」

褒められたと分かったのか、声を上げて笑う様が愛くるしい。

命懸けの攻防も、無邪気な赤ん坊にとっては揺すぶられている程度にしか感じられなかったらしい。

思わず笑みを誘われながらも、政秀は油断をしていない。

すでに武士の気配は消え、人通りも元に戻っていた。

「うーむ……」

政秀は目を閉じた。

何とか切り抜けたとはいえ、油断は禁物だ。

二度あることは三度ある。再び同じことが起こらぬとも限るまい。

(上つ方が絡んでおるのではあるまいか……)

襲ってきたのは、ただの雇われ浪人ではなかった。

大名か、それとも旗本なのかまでは分からないが親は武家、それも身分の高い者と見なしていいだろう。

解《げ》せぬのは、敵が子どもを執拗に狙ったこと。

一体、理由は何なのか。

(もしや、この子を狙うたのか)

真の狙いは、政秀が拾った子ども。

巻き添えを食ったのは、こちらではないのか。

まだ喋れもしない幼子の口を執拗に封じようとしたからには、よほどの理由があるに違いない。

「御家騒動がらみならば、有り得るな……」

そうだとすれば災い転じて福となす、である。

裏十手の一党に加わりはしたものの、仕事はまったく回って来ない。

ただでさえ乏しい手持ちの銭は、日一日と減るばかりだ。

今の政秀は、他に収入源を持っていない。

このままでは、一文無しになってしまう。

まとまった金が得られる可能性があるのなら、勝負に出てもいいのでは——。

貧すれば鈍する、という言葉が脳裏をちらりとかすめた。

「いかん、いかん」

政秀は頭を振った。

少々苦しくなったぐらいで、鈍してはなるまい。

それに、この子を金儲けの道具になどしたくはなかった。

六

ともあれ、襲われたからには放ってはおけない。

左門と鉄平、山田夫婦にすべてを話した上で赤ん坊を任せ、政秀は引き続き両替商の内情を調べた。

その結果、思わぬことが判明した。

赤ん坊の親は、つい先頃まで店に出入りしていた若い御家人。

家付き娘と深い仲になり、子どもまで生ませていたのだ。

手がかりとなったのは、襲われたときに落としていった編笠。

洒落《しゃれ》た漆塗りで特徴があるため、辿っていくうちに持ち主が分かったのだ。

親は小普請組で、有り体《あてい》に言えば無役だった。

そんな家の三男坊では、ただでさえ貧乏な家を継ぐのもままならない。

故に活路を外に求め、悪行を繰り返していたのであった。

両替商とのつながりは、同じ剣術道場の門人たちを締め上げて聞き出した。

無礼な真似をするのは心苦しかったが道場破りを装って乗り込み、怪我をさせない程度に痛め付けて口を割らせたのだ。

「人形町の信濃屋《しなのや》に相違ないのだな？」

「さ、左様」

最後に残った門人は、懸命にうなずいた。

道場は、気を失って倒れている者だらけだった。

息を乱すこともなく、政秀は問いかける。

「士分の身で町家の娘と親しゅうするのは慎むべきことであろう。仮親でも頼んで嫁に迎える所存であったのか？」

「ははは、何を埒も無いことを申しておるのだ」

馬乗りになった政秀に締め上げられながらも、相手の門人は苦笑しながら負けじと言ったものである。

「島田《しまだ》さんに限らず、そんな律儀な真似をする者など今日びは居らぬわ。町娘どもはみんな尻軽なのだからな、我らも気にするには及ぶまい。はははははは」

「………」

政秀は黙って腕に力を込め、門人を失神させる。

もはや、向かってくる者はいなかった。

いずれも旗本や御家人の息子らしいが、腕が未熟な上に性根も腐っている。真っ先に眠ってもらった師範代さえ、見るからに品が悪かった。

息子たちがこの有り様では、親の程度も知れる。

将軍の直属の家臣たちには、もはや何も期待できないのだろうか。

しかし、滅入ってばかりはいられない。

道場を後にして、政秀が目指すは本所の回向院。

すべてを左門の耳に入れ、判断を仰ぐつもりであった。

「島田右京《うきょう》だったのかい？」

左門は、その御家人を知っていた。

「あれは質《たち》の悪い遊び人だぜ。素人娘に手を付けて、嫁入り話に障るゆえ黙っていてやるからって、親を脅すぐれぇは屁でもねぇ……信濃屋の娘も、とんでもねぇ野郎に惚れたもんだなぁ」

「そこまで腐った男なのか、嵐田殿」

「こいつぁ難物だぜ、若いの」

左門が苦い顔をしたのは、右京を訴える者などいないからだ。

美男で剣の腕も立つとあれば、町娘たちが惚れるのも当然のこと。

傷物にされても恨むどころか懐かしみ、人妻になった後も色目を使う女たちが後を絶たない。右京が増長《ぞうちょう》し、好き勝手に振る舞うのも無理はあるまい。

それにしても、わが子の命を狙うとは非道に過ぎる。

「何といたすか、嵐田殿」

「仕方あるめぇ。まずは母親んとこに乗り込むか……」

「手荒な真似をしてはなるまいぞ」

「分かってらぁな。そっちこそ、下手に動くんじゃねぇぞ」

案じる政秀を落ち着かせるべく、微笑む左門であった。

両替商の信濃屋を訪ねたのは、政秀から知らせを受けた翌々日。

その間、左門は何もしなかったわけではない。

「お前さん、投げ文は読んでくれたかい？」

「それじゃ、あれはお役人さまが……」

「驚かせちまってすまなかったな」

訪ねて早々に口にしたのは、一昨夜に石をくるんで投げ入れた手紙のこと。

捨て子の件を簡潔にしたためたものを読ませた上で日にちを置いたのは、相手の心を落ち着かせる猶予を与えるためだった。

早くに母を亡くした娘は、父親の両替商と二人きり。

なればこそ父の愛情も深く、右京が金を脅し取ろうとしても切り返し、婿に入ってくれなければ訴え出ると、逆に迫ることもできたのだ。

親の立場としては、娘に祝言を挙げて幸せになってほしいのは当たり前だ。

しかし、右京はしたたかだった。

いずれ必ず武士を捨てると言いながら、前借りがしたいと称してせびり取った金で遊び回るばかり。

そんな真似を繰り返した末に、顔も見せなくなって久しいとのことだった。

「そいつぁ子どもが宿ったことに気付いたからじゃねぇんですかい」

「……………」

娘も父親も答えない。

どうやら図星らしかった。

「信濃屋さん、お前さん方は人が良すぎるぜ」

左門は淡々と先を続けた。

「右京に養子縁組の話が持ち上がったのは、もとより承知の上だろう。相手が小普請支配のお旗本だってことも……な」

「存じておりまする」

青い顔で黙ったままの娘に代わり、父親が答える。

左門はすかさず問いかけた。

「それでお前さん方は、赤んぼを捨てたってわけだな。右京が遠ざかったのは子どもができたからだと思い込んで、邪魔者にしたんだろう」

「……………」

「とんだ心得違いだぜ。勝手な理由で寒空の下に置き去りにされちまった赤んぼの身にもなりやがれってんだ。おい、嬰児籠は親父さんの国許から取り寄せたのかい？」

左門がそう言い放つや、娘が泣き出した。

これ以上は追い込めまい。

やむなく左門は腰を上げた。

勝手口から路地に出ると、長屋は目の前。

障子戸を開けると、政秀は中で腕立て伏せをしていた。

下帯一本の体は肥えているどころか、以前にも増して筋骨隆々。火の気の無い部屋に居ながら、汗まみれになっていた。

「居たのかい、若いの」

「……おぬしであったか」

すっと政秀は立ち上がる。

余計なことは問うてこない。すべてを左門に任せ、黙って従う所存であった。

七

赤ん坊が山田家から八丁堀に戻されたのは、翌日早々のことだった。

「よしよし、いい子だね〜」

嬉々として世話を焼く姿を、人相の良くない男が盗み見ている。

右京が付けた見張りだった。

信濃屋から事を知らされ、動いたのである。

婿入りの話を考え直してくれと泣き付かれ、改心したわけではない。割のいい養子縁組の話を断ってまで、町人になるつもりは毛頭なかった。愚かな父娘の役に立つと思わせて、引き出せるだけ金を引き出した後は知ったことではない。

いずれにせよ、赤ん坊は始末しなくてはなるまい。左門さえ不在の隙を突けば、連れ去るのも容易いはず。差し向けたのは富岡八幡宮の門前で知り合い、金で雇ったゴロツキども。はした金で人まで殺す、便利な連中だった。

その夜、組屋敷に迫り来たゴロツキは五人。いずれも郷里で食い詰め、江戸に出て来た無宿人だった。寄る辺《べ》が無くても腕っ節が強ければ、金は稼げる。何であれ、食わんがためになりふり構わず働くのは前向きなことである。だが、そのゴロツキどもの生き方は外道に過ぎた。頼まれれば人を痛め付けるだけでなく殺すことまで請け負い、相手が女子どもでも迷わずに襲いかかって、蹂躙《じゅうりん》した上で命を奪う。

知恵も有るから、始末に負えない。

見るからに無頼めいた格好をして八丁堀に入り込めば、たちまち怪しいと見なされ御用にされてしまう。

しかし、堅気になりすましていれば何の障りも無い。

ゴロツキどもが選んだ装束は、火の用心の夜廻りだった。深川から八丁堀までの道すがら、出会い頭《がしら》に殴り倒しては着物と拍子木を奪って一人ずつ着替えていく。八丁堀に着いた頃には、五人とも完璧になりすましていた。

「火の用〜心、さっしゃいませ〜」

もっともらしく声を上げながら、拍子木を打ち鳴らす。

何食わぬ顔で屋敷の裏に回り、塀を乗り越えて縁側に迫る。

上手くいったのはそこまでだった。

雨戸を外した刹那、どっと一人のゴロツキが倒れ込む。

隙間から突き出された十手に、みぞおちを直撃されたのだ。

潜んでいたのは鉄平だった。

続いて左門が現れ、じろりとゴロツキどもを睥睨《へいげい》する。

「おめーら、八丁堀に乗り込むたぁ命知らずだな」

「てめぇ、はめやがったな！」

「そういうこったぜ。ご苦労さん」

わめくゴロツキに向かって、左門はにやりと微笑み返す。

すべて罠だったのだ。

お熊と子どもは、日が暮れる前に山田家に避難していた。

見張りが付いていることは、もとより左門も承知の上。

最初から一網打尽にするつもりで、鉄平ともども待ち伏せていたのである。

「まとめて獄門送りにしてやるぜ。覚悟しろい！」

告げると同時に、左門の抜き打ちが決まる。

振るったのは刃引きだった。

この場で斬り捨ててしまってもよかったが、それでは足りない。

軽々しく人殺しを商いにするなど、以ての外《ほか》だ。

まずは小伝馬町の牢屋敷に送り込み、高野長英《たかのちょうえい》が束ねる囚人たちに外道として痛め付けてもらった上で、御法の裁きを受けさせたい。

鉄平も思うところは同じであった。

「お縄にして構いやせんね、旦那ぁ」

「存分にやってくんな、鉄」

「へいっ！」

力強く答えるや、十手をひらめかせて突進する。

「へへっ、やるじゃやねぇか」

負けじと左門も後に続く。

老いても腕利きの二人によって、ゴロツキどもは御用にされた。

政秀が夜道を行く。

狙う相手は、島田右京。

相手は首尾《しゅび》を待っている。

わが子が亡き者となるのを望み、知らせが届くのを待っているのだ。

反吐《へど》が出そうな話であった。

そんな男に、親を名乗る資格など有りはしない。

好んで命を奪いたくはないが、今宵は別だ。

右京は出会茶屋に女としけ込んでいた。

相手は信濃屋の娘ではない。

だらしがなくても色男ならば問題にせず、幾らでも金を貢いでくれる芸者である。

「何だ、小便か」

「嫌だねぇ、お手水《ちょうず》って言っとくれな」

ちらりと右京を見返して、芸者は障子を閉める。

政秀が姿を見せたのは、女が角を曲がって消えた直後のこと。

障子に影が映っても、右京は驚かない。

それどころか、気安く呼びかけてくる。

「終わったか。大儀であったな」

呼びかける声は上機嫌。

障子の影を、雇ったゴロツキと勘違いしているのだ。

政秀は答えない。

無言のまま、スッと障子を引き開ける。

「おい、首尾はどうした？」

右京は重ねて問いかける。声が苛立っていた。

頬被りをした政秀を、まだゴロツキの仲間と思い込んでいる。

勘違いをさせたまま冥土《めいど》に送ってやってもよかったが、それでは足りない。

この男には悪事の報いが必要だ。

「いつまで黙っておるのだ、下郎が！」

「俺は下郎ではない……」

応じて、政秀は鋭く告げる。

「おぬしこそ外道であろうが……この人でなしめ！」

「何っ」

二度目の対決が始まった。

右京は布団のすぐ左脇に刀を置いていた。

房事の最中も手放さぬとは、用心深いことだ。

それだけ後ろ暗くもあるのだろうが、腕が立つのも事実。

人としては最低でも、侮れない。

ダッと政秀は足許を蹴って跳ぶ。

芸者が戻る前に、決着を付けなくてはならない。

一気に跳躍した先は床の間。

着地することなく、太い柱を蹴る。

勢いのついた三角跳びを、右京は避けきれなかった。

まして暗闇では、夜目を利かせても正確な斬り付けを見舞うのは難しい。

「うわっ」

手にした刀を蹴り飛ばされ、がっと布団の上に押さえ込まれる。

政秀の大きな手が首筋をつかむ。

次の瞬間、ごきりと鈍い音がする。

「ぐ……」

息絶えた右京を、そっと政秀は横たわらせる。

厠から戻った芸者が先に寝たと思い込み、そのまま眠ってしまえば、朝になるまで死んでいるとは分かるまい。

去りゆく政秀の胸中は複雑だった。

子どもに学問を教える身として、罪深い真似をしていると思わずにいられない。

手習い塾を止《や》めてしまった今も、そんな気持ちは変わらなかった。

まして今宵は、子どもの父親を仕留めたのだ。

しかし、こうしなければ幼い命が危険に晒される。

救いようのない外道とあれば、引導を渡さざるを得なかった。

まず考えるべきは、あの子の身の振り方である。

親が悪党であろうと、幼子に罪は無い。
赤ん坊の身柄は左門と共に信濃屋を訪問し、謹んで返すつもりだった。
素直に受け入れてもらえるとは思えない。
政秀が手を下したとは考えぬまでも、右京の死に取り乱すであろうからだ。
愚かな男に恋い焦がれる女も、また愚者であると政秀は思う。
されど、子どもには親が要る。
他人が世話を焼くことには、どうしても限りが有る。
そのことを、政秀は嫌と言うほど実感させられた。
可愛いと思うだけでは、気力も金も続かない。
なればこそ、実の親に戻すべきなのだ。
されど名ばかりの父親ならば、いなくなったほうがいい。
どこまでも不実でしかなかった男のことは忘れ、健《すこ》やかにわが子を育ててほしい。
闇の中を去りながら、そう願わずにいられない政秀であった。

第四章　三途《さんず》の川を渡るとき

一

夜更けの川べりを、三人連れの男が歩いていく。
この町では二本の川が合流していた。
街道を横切っているのは神流《かんな》川、沿って流れるのは烏《からす》川。
いずれも利根《とね》川の支流である。
利根の流れと赤城《あかぎ》の山に抱かれた、中山道《なかせんどう》の宿場町だ。
提灯を手にして先を行くのは、目付きの鋭い四十男。
身の丈は六尺に近く、恰幅もいい。
雪駄履きの足の運びは堂々としており、提灯持ちと呼ぶには貫禄が有りすぎる。

そんな偉丈夫を先に立ててふんぞり返る、年嵩《としかさ》の男は五尺足らず。

提灯の明かりが、人懐っこそうな童顔を照らし出す。

その男は顔立ちだけでなく、言うことも子どもじみていた。

「親分、今日はまっすぐお帰りですかい」

「当たり前よ。風邪《かぜ》なんぞひいたら、せっかくの鰻が喉を通らなくなるだろうが」

「鰻って、きのう焼かせたやつですかい？　もう食っちまったもんとばかり……」

「終《しま》いの二切れをな、蝿帳《はいちよう》に入れてあるんだ。取っときは味が染みて美味えのよ」

「よくもまぁ、飽きないこってすねぇ」

「うるせぇなぁ、人様の楽しみに四《し》の五《ご》の言うんじゃねぇや」

「すみやせん。それじゃ、賭場は今夜もあっしが仕切らせていただきやす」

「任せるぜ、八《はち》」

提灯持ちに向かって告げる声は太い。

ただ我がままなばかりと思いきや、続く言葉は剣呑《けんのん》だった。

「おい、先生に片付けていただいた、酉蔵《とりぞう》んとこの代貸《だいがし》はどうした？」

「へい。親分のお指図《さしず》通り、烏川の河原に埋めて参りやした」

「ちゃんと深く掘ったんだろうなぁ。尻に帆掛けて宿場から逃げ出したはずの野郎がひょっこり出てきちゃ、うまくないぜ」

「そいつぁ重々心得ておりやす。若い奴らの尻を叩きまくって、あっしの身の丈より深く掘らせましたんで……」

「それで夜明け前までかかったのかい。調子のいいおめーのこったから、ちゃっちゃと済ませて大黒屋《だいこくや》にでも繰り込んだとばかり思ってたぜ」

「とんでもねぇ。そんな大盤振る舞いができるほど、儲かっちゃおりやせんよ」

「へっ……素寒貧の振りをしようとしたって、そうはいかねぇ。賭場のあがりを毎晩ちょろまかして、気付かれないとでも思ってんのかい？」

「まさか、そんな真似をするはずがねぇでしょう」

涼しい顔でとぼける提灯持ちの名は又八《またはち》、四十一歳。

「ったく、おめーの手癖だけは幾つになっても治らねぇなぁ……」

溜め息を吐く親分は袈裟蔵《けさぞう》といい、童顔ながら今年で四十五。

「今年は笹川《ささがわ》の繁蔵《しげぞう》親分の花会で上総《かずさ》まで出向かされて、大層な物入りになったのを忘れたのかい？　倹約しなけりゃやってけねぇだろ」

「ほんと親分は変わりませんねぇ。いい歳をして吝《しわ》いばっかりじゃ嫌われますぜ」

「うるせぇなぁ、しまり屋と言いやがれ」

言い合う態度は険悪なようでいて、どこか親しげでもあった。

それもそのはずである。

今でこそ子分を大勢抱える手前、親分と代貸の如く呼び合っているものの、二人は三下《さんした》の頃から同じ釜の飯を食ってきた義兄弟。さる理由で不覚を取って甲州《こうしゅう》の一家を破門され、それこそ尻に帆を掛けて命からがら、上州《じょうしゅう》まで逃げてきた。

斯《か》くも落ちぶれていながら、ここ中山道の新町宿《しんまちじゅく》に目を付けて居座り、今や宿場を乗っ取ろうとするまでになったのだ。

又八はともかく袈裟蔵は小柄で童顔のため、一見しただけでは親分どころか博徒にさえ見えない。

それでいて、やっていることは悪辣《あくらつ》そのもの。

元から宿場の顔役だった一家の存在など歯牙《しが》にもかけず、勝手に賭場を開いて町の旦那衆を誘い込んだり、旅籠のあるじや商いをする人々を脅しつけ、いざというときは護ってやるから自分たちに用心棒代を寄越せと迫ったり、毎日やりたい放題に振る舞っていた。ちなみに事を起こすための元手は、上州にたどり着くまでの道中で追い剝ぎを繰り返して拵《こしら》えた。

悪事に悪事を重ねて生きていながら、二人はまったく懲《こ》りていない。

関東一の親分と呼ばれる大前田《おおまえだ》村の栄五郎《えいごろう》や、八州廻りに追われながら人望の厚さで上州一帯に君臨する国定《くにさだ》村の忠治《ちゅうじ》といった大物が制裁に乗り出したら、たちどころに潰されていただろう。

しかし袈裟蔵は我がまま勝手なようでいて、抜かりのない男だった。

ここ新町宿の人口は千四百人余り。

元々は街道から外れていたが、参勤交代で難所を毎度通らなくてはならない加賀《かが》藩の訴えを受けて道筋が改修されたのに伴い、新たに街道が通ることになった二つの村が合併され、中山道で最も新しい宿場として享保《きょうほう》九年（一七二四）に作られた。

新しい宿場でありながら旅籠の数は多く、大小合わせて四十六。飯盛女を置いて春をひさぐ食売《めしうり》旅籠も、人気の大黒屋をはじめとして数多い。

この町ならば、少々苦労しても手に入れる甲斐がある。

四十六軒のうち二軒は本陣、一軒は脇本陣で、町が誕生するきっかけを作った加賀藩の大行列が参勤交代のたびに逗留し、気前よく大枚の金子《きんす》を落としてくれる。

その時期だけは土地の代官も八州廻りも監視が厳しく、袈裟蔵たちも大人しくしていなくてはならないが、他はひっそりしていて取り締まりも緩やか。宿場に常駐する小役人や道案内と呼ばれる岡っ引きもいい加減で、宿場を裏で牛耳る博徒の親分の首がすげ替わることなど気にしていない。袖の下さえ欠かさずにつかませておけば、通報される恐れはなかった。

大物の博徒たちの干渉も、案ずるには及ばない。

これまで宿場を仕切ってきた酉蔵親分はすでに高齢の上、同郷の忠治とは折り合いが悪いため、公儀が盗区と呼んでいる縄張りの運営にも協力をしていなかった。

忠治はもちろん、その兄貴分に当たる栄五郎の心証も悪く、何があっても助けには来るまい。

袈裟蔵はそんな状況を踏まえて、宿場の実権を奪い取ろうと思い立ったのだ。

ここまで成り上がっても、持ち前の吝嗇《りんしょく》ぶりは変わらない。

むろん、人の上に立つだけあって厳しさも備えていた。

「いい加減にしておきな、八」

弟分に告げる口調はキツかった。

「賭場の銭函《ぜにばこ》はおめーの財布じゃねぇのだぜ。この調子だと落とし前を付けなくちゃなるめぇが、それでもいいかい？」

「へっへっへっ、分かってまさぁ」

と、又八の男臭い顔が強張った。

袈裟蔵の後ろに居たはずの浪人が、いつの間にか横に来ていたのである。
「先生……」
又八の喉が、ひゅうと鳴る。
もはや笑ってごまかしてはいられまい。
又八の精悍な顔が、恐怖に強張る。
一方の浪人は平然と歩きながら、整った顔を前に向けたままでいる。
美男ではあるが高齢だった。
面長《おもなが》の顔は皺だらけ。疾《と》うに六十を過ぎていると見なしていい。
身の丈はそれほど高くはなく、体付きもたくましいとは言いがたい。
それでいて、迫る殺気は尋常ではない。
又八ならずとも、腰が引けてしまうのは当たり前。
しかし、浪人は何もしなかった。
刀に手を伸ばしたのは又八の脇をすり抜け、袈裟蔵まで追い越した後のこと。
左右から迫り来る、敵の存在を察知したのだ。
「袈裟蔵、この野郎！」
「くたばりやがれっ!!」

口々に怒声を上げ、斬りかかった博徒は二人。

抜き身を八双に構えたまま、力強く突進してくる。

いずれも腰が入っており、長脇差《ながどす》の構えも堂に入っていた。

上州の博徒に腕利きが多いとされるのは高崎《たかさき》の馬庭念流《まにわねんりゅう》を筆頭に、古来より剣術が盛んな土地柄もあってのことだ。

養蚕《ようさん》で余裕のある家の息子は、博奕で身を持ち崩すばかりでなく剣術修行にも熱心だった。無職渡世に入るまで基礎をきっちり学び、無頼の徒となった後に実戦で場数《ばかず》を踏んでいれば、なまじの武士より腕が立つのもうなずける。

しかし、浪人の敵ではなかった。

鋭い音と鈍い音が、続けざまに響き渡った。

最初は、抜き打ちの一刀で長脇差を弾き返した金属音。

続いて聞こえたのは、返す刀で胴を斬り裂く音だった。

「ぐ……」

一人目の博徒が崩れ落ちたときにはもう、浪人は二人目と渡り合っていた。

斬り付けてくるのを受け止め、ぐんと腰を入れて押し返す。

華奢と言われてもおかしくないほど痩せていながら、力強い体《たい》さばきであった。

若さと勢いで迫っても、太刀打ちはできない。
肝心の腕の程も、浪人に及ぶ域ではなかった。
「うわっ」
よろめいた次の瞬間にはもう、重たい斬撃を浴びせられて果てていた。
「相変わらずお見事でござんすねぇ、先生」
袈裟蔵が嬉々として呼びかける。
「おかげさんで助かりやした……」
又八も冷や汗をぬぐいながら謝意を述べた。
対する浪人は無表情。
何の感慨も示すことなく納刀し、歩き出す。
袈裟蔵と又八も後に続いた。
どのみち亡骸を始末するには一家に戻り、若い衆を連れて来なくてはならない。
面倒なことだが、袈裟蔵の顔は明るい。
酉蔵の配下で腕の立つ者は、この二人を最後にいなくなったからだ。
後は年寄りや若造ばかりで、物の数ではない。
そろそろ喧嘩出入りを仕掛け、根こそぎ叩き潰すべき頃合いだった。

又八も思うところは同じらしい。

「筆の新しいのを買っといてくんな、八」

「心得やした。いよいよ喧嘩状をしたためなさるんですね」

「ああ。丈三郎《じょうざぶろう》もとっ捕まったし、いい塩梅《あんばい》だろうよ」

「まったくでさ。もしもあの野郎が助っ人に来ていたら、こっちが危ないとこでしたからね」

「違いねぇやな。高い銭を弾んで、八州の旦那に動いてもらった甲斐があったぜ」

足取りも軽く歩を進めながら、袈裟蔵は白い歯を見せて微笑む。

微笑するだけでは済まず、笑い声が口を衝いて出た。

「へっへっへっ」

「ひっひっひっ」

又八も追従《ついしょう》の笑みを浮かべる。

しかし、いつまでも喜んではいられなかった。

「安穏とするのは早かろうぞ、おぬしたち……」

黙って後ろを歩いていた浪人が、不意に口を開いたのだ。

「人斬り丈三《じょうざ》は取り押さえられ、江戸送りにされたそうだな」

「へい。酉蔵の助っ人に来る途中で捕方に囲まれたとたんに発作が出て、手向かいもままならなかったとか……あっけない捕物だったそうでござんすよ」

「経緯などはどうでもいい。江戸に送られたとなれば、あやつが動くやもしれぬぞ」

安心しきっている又八を、浪人はじろりと睨む。

「あやつって、何者のこってすかい」

口を挟んできた袈裟蔵に応じて、浪人は答える。

「おぬしらも覚えておろう。嵐田左門よ」

「兄い、あいつですよ!」

「分かってらぁ……その名前、忘れるもんじゃねぇやな……」

二人の顔色は一変していた。

かつて甲州を旅しながら悪党退治をしていた頃の左門に叩きのめされ、通りすがりの年寄りに不覚を取るとは何事かと親分の怒りを買って、一家を追われてしまったが故のことだった。

二人とも、まだ恨みを忘れてはいない。

浪人に食ってかかったのも当然だろう。

「先生っ、どうしてあのじじいをご存じなんです⁉」

「あやつとは若い頃に同じ道場で、鎬《しのぎ》を削り合うた仲だ」

「そんなこと、なんで今まで黙っていらしたんですかい」

「おぬしらに雇われの身で機嫌を損ねてはなるまいと、少々気を遣うたまでのことよ……だが、命取りになるとあっては見過ごせまいぞ」

「まさか先生、あのじじいが乗り込んでくるってんじゃねぇでしょうね？」

「じ、冗談じゃねぇや！」

「まぁ、聞け」

浪人は淡々としていた。

怒りが恐怖に変わった二人を前にしながら、あくまで冷静。

口にすることも、いちいち的確だった。

「噂によると嵐田は同心株を買い戻し、北町奉行所に戻ったそうだ。そして今の奉行は遠山左衛門尉……白洲で丈三郎が訴えかければ情にほだされ、嵐田をこちらに差し向けるやもしれぬ。あやつらならば有り得ることぞ」

「ほんとですかい……」

「どうしやしょう、兄い」

取り乱した又八は、昔の呼び方に戻ってしまっていた。

袈裟蔵も怒るのを忘れ、童顔を引きつらせるばかり。

そんな二人に構わず、浪人は先に立って歩き出す。

本間《ほんま》重太郎《じゅうたろう》、六十三歳。

左門と同い年の剣友は、恋敵同士でもあった。

想い人を左門に奪われて虚しくなり、旅に出てから幾十年。

無頼の浪人に落ちぶれても、技の冴えはまだ健在。

(嵐田め、早う出て参るがいい……)

戦々恐々の袈裟蔵と又八をよそに、重太郎の闘志は静かに燃える。

(うぬには道連れになってもらうぞ、三途の川を渡る道連れに……な)

白髪頭をすっと上げ、重太郎は夜空を見やる。

想いを馳せる先は、遠く離れた大江戸八百八町。

置いてきて久しいはずの憎しみが老境を迎えた今になり、図らずも再燃し始めようとしていた。

二

寒さが厳しいのは、上州も江戸も同じだった。

からっ風の代わりに吹いているのは筑波《つくば》おろし。

山を越えてきた北風が、大川にさざ波を立てていた。

広いだけに、川面を吹き渡る風の冷たさも尋常ではない。

「ぶるるっ、年寄りにゃ堪えるぜぇ……」

首をすくめて、左門が両国橋を渡っていく。

黄八丈の着流しに黒羽織を重ねた、いつもの装いである。

左腰に大小の二刀を帯び、十手は後ろ腰に差していた。

五つ紋付きの羽織の裾は帯の内側に折り込んで、いつでも機敏に駆け出せるように身なりを整えている。

事件の捜査に専従する廻方同心ならではの、巻羽織《まきばおり》と称する着ごなしだ。

常の如く見廻り中かと思いきや、鉄平の姿が見当たらない。

いつも影の如く寄り添っていたはずなのに、奇妙なことだ。

そもそも左門の見廻りの持ち場は、回向院を含む本所界隈。北町奉行所や組屋敷の建つ江戸城の御濠端から離れ、大川を挟んで反対側。左門は毎朝わざわざ橋を渡って回向院前で鉄平と落ち合い、日々の御用をこなしているのである。

見習いの頃から四十年余り、誇りを持って町奉行所勤めに取り組んできた左門には何の不満も有りはしない。

とはいえ、寄る年波で寒さが堪えるのも事実。

衣替えに合わせてお熊に着物の裏地を外してもらい、保温用の綿をしっかり詰めてもらったはずなのに、ほとんど寒さ除けの役には立っていなかった。

筑波おろしのキツい日は、できれば外出するのさえ控えたいところである。

しかし、訪ねる約束を交わしたからには勝手も言えまい。

左門は黙々と橋を渡る。

昼下がりの空の下、向かう先は小伝馬町の牢屋敷。

罪人を拘留する牢屋に加えて、死罪場も付設されている幕府の牢獄である。

広い敷地内には様場《ためしば》まで設けられ、首を打たれた罪人の胴体を用いての試し斬りが、御様御用首斬り役を代々仰せつかる山田一門によって行われてきた。

武士と町人の別なく、好んで近付きたい場所ではあるまい。

肝の据わった左門とて、思うところは同じだった。町奉行所で吟味を受ける罪人の護送を任された折を除いては、足を運ぶこともない。

にも拘わらず出向いたのは、裏十手の仕事を請け負うため。

面会する相手は、牢名主の高野長英。

かねてより繋がりを持っている長英が、依頼を取り次いできたのだ。

話が来た以上は、どこであろうと出向かねばなるまい。

依頼された内容を吟味するのは、左門にしかできない役目。

いつも自ら足を運んで話を聞き、引き受けるに値するのかどうかを判じた上で仲間たちを集め、悪党退治に着手する。

面倒なことだが、仲間を護るためと思えば苦にならない。

北町奉行の遠山景元が黙認してくれているとはいえ、裏十手として勝手に悪を裁くのは御法破りの所業である。

もちろん発覚すれば全員が罪に問われ、揃って死罪にされてしまう。

そんな事態を防ぐためと思えばこそ、左門は日頃から労を惜しまなかった。

仕事を依頼してきた相手には必ず口止めをし、裏十手一党の存在を他人に漏らさぬようにさせなくてはならない。

こちらの力を頼ってきたからといって、必ずしも信用できるとは限るまい。

むしろ弱者なればこそ、己を護るためなら平気でこちらを裏切りかねないのだ。

左様に思えば、油断は禁物。

相手に裏切らないようにさせるのも、悪党どもを相手取るのとは別の意味での勝負と言えよう。

依頼を果たすために動いたのが災いし、命取りになっては堪らない。

やはり、交渉役は左門以外には任せられないことだった。

鉄平が出向いても大店のあるじなどには冏っ引き風情がと軽んじられるし、札差の旦那らしく貫禄が付いてきて、借金を申し入れてくる旗本や御家人を追い返すことができるようになった半平も、左門と比べればまだまだ甘い。

貫禄こそ十分なものの殺気が強すぎ、必要以上に相手を威嚇してしまいがちな山田吉利や幸を差し向けるわけにもいかないし、まして新入りの政秀には早すぎる。

武芸の腕がどれほど立とうと、相手から信頼を取り付けるのは難しい。

本当に頼んでも大丈夫なのか。憎い悪党を仕留めてくれても、後になって発覚しては元も子もないではないか――。

そんな不安を与えてしまうようでは、首尾よく話をまとめるのは無理である。

その点、左門は相手の信用を得やすい。

廻方同心という肩書きそのものに、説得力が有るからだ。

江戸中の悪党が恐れる『北町の虎』ならば任せて安心。

表立って十手を行使できる範囲には限りがあっても、裏に回れば捕物御用で磨いた腕を発揮し、憎い悪党に人知れず引導を渡してくれるに違いない――。

そんな期待を、相手が勝手に抱いてくれるのだ。

信用させたからには、こちらも裏切ってはなるまい。

確実に期待に応えてこそ、相手も口を閉ざしてくれるからだ。

何であれ、世の中は持ちつ持たれつ。

互いに信頼し合ってこそ、秘密も護られるというものだった。

こうして裏十手一党は正体が露見することなく、悪党退治を続けてきたのだ。

さまざまな依頼に応えて励んだ一年も、だいぶ押し詰まっていた。

早いもので、今年も残すところ二月《ふたつき》である。

(あーあ、もうすぐ年の瀬かい……思い起こせば、今年もいろんな奴らをやっつけてきたもんだなぁ……)

川風の吹きすさぶ中を歩きながら、左門は胸の内でつぶやく。

裏十手の仕事は尽きることがなかった。

幕政の改革が推し進められる中、江戸の治安は乱れるばかり。

町奉行所に届けがあることばかりが、事件とは限らない。

まだ表沙汰になってはいなくても、火種はあちこちに転がっている。

不景気続きの中で、人の心が乱れているからだ。

悪行に走る連中の考え方は、おおむね同じであった。

徳目《とくもく》に従って生きるなど馬鹿らしい。

どうせ限りある命なら、好き勝手にやればいい。

そのためには先立つものが要る。

真っ当なやり方で金にならぬとあれば、汚く稼げばいい。

儲けるためには他人など、幾らでも陥《おとしい》れてやる。

必要ならば、無実の罪に落としてやっても構うまい――。

そんな腐った考え方が蔓延すれば、理不尽な目に遭う者も自《おの》ずと増える。裏十手に依頼が絶えぬのも当たり前だった。

無実の罪に問われた囚人やその家族から相談を受け、長英が依頼を取り次いでくることも多いが、左門たちから逆に相手に話を持ちかけ、進んで仕事を請け負うことも少なくはなかった。

稼ぎたくて営業しているのとは違う。

同心職に復帰した左門は、多額の金など必要としていない。

お熊と二人で暮らすだけなら、町奉行所勤めの俸給として受け取る三十俵二人扶持で十分にやっていけるし、息子の角馬に散財されてしまった老後の蓄えも、少しずつだが最初から貯め直すことができていた。

おまけに、見廻りの持ち場で商いをしている家々からの付け届けもある。

これ以上、あくせく稼ぐには及ぶまい。

仲間たちも同様だった。

鉄平は『かね鉄』の、山田夫婦は御様御用の実入りで暮らし向きは上々。

半平が入り婿として働く久留米屋《くるめや》も、幕政改革で株仲間を解散させられた影響こそ出たものの、もとより札差の中では堅実な商いをしていたため、破産して店が潰れるところまでは行かずに踏みとどまっている。

仲間内で最も暮らし向きが良くないのはやはり政秀だが、先だっての事件でわが子を殺させようとした悪《わる》御家人を成敗し、母親を説得して罪の無い赤ん坊を引き取らせて以来、どこか吹っ切れた様子で人足仕事に毎日励んでいた。

どの者も、金が要るから仕事をくれと左門にせっついてくることはない。裏十手の仲間で有り続けられるのは、志があればこそ。

今の世の中はひどすぎる。

さりとて根底から変えてしまうことなど不可能であるし、徳川の治世そのものは末永く続いてもらいたい。もしも幕府が瓦解《がかい》すれば、たちまち諸国の大名が再び天下の覇権を奪い合う、乱世に戻ってしまうからだ。世が乱れるのが嫌ならば、たとえ矛盾を孕《はら》んでいても、今の体制が変わることを望むべきではないだろう。

それはそれとして、理不尽な目に遭わされた人々を見捨ててはなるまい。

なればこそ、悪党退治を引き受けずにいられないのだ。

思うところは、みんな同じなのである。

そんな志を同じくする仲間たちを束ねて、左門は悪党退治に励んでいた。

できれば命まで奪いたくなかったが、悪い奴らは見逃せない。

反省しないのであれば罪深いことではあるが斬って捨て、二度と人を泣かせることの無いようにしてやらざるを得なかった。

しかし、悪党退治は狙った的を仕留めるだけで決着が付くばかりとは限らない。

町奉行でも手に負えぬ公儀の上つ方に取り入り、威光を借りている大物を相手取ることもあるからだ。

　そうした手合いほど金に飽かせて腕利きの用心棒を雇っているので、正面から攻め込むのは厄介であるし、たとえ首尾よく討ち取っても、後ろ盾の上つ方が町奉行所や火付盗賊改を動かし、手を下した者を捕らえさせようとする可能性が高い。左門自身はもとより、仲間たちまで危険に晒すことになってしまうのだ。

　好んで人を斬りたくはないし、追われる身となるのも避けねばなるまい。

　ならば、悪党どもを罠に嵌めてやればいいのだ。

　打ち倒して失神させたのを縛り上げ、悪事の動かぬ証拠を添えて、夜が明けぬうちに表に放り出しておけば、朝になって野次馬が騒ぎ出す。今まで悪事を見逃してきた役人も捕らえざるを得なくなるし、後ろ盾のお歴々も我関せずを決め込んで、二度と庇いはしない。

　密かに手を回し、無罪放免にしてやろうと試みても、そのたびに景元が北町奉行として鋭く指摘してくるからだ。

　切れ者の景元に目を付けられ、黒い関係を暴かれてしまっては身の破滅。

　己の立場を失いたくなければ、貴重な金蔓《かねづる》であっても見捨てるしかない。

　そんな発想が分かるのも、長きに亘《わた》って町奉行所に勤めてきた身だからこそ。

見習い同心だった頃から北町の歴代奉行に可愛がられてきた甲斐あって、上つ方がどのようなものの考えをするのかも分かっている。

優秀な廻方同心は、その気になれば悪の道を究めるのも容易い。

左門の場合はそうせずに悪党どもの裏をかき、成敗する道を選んだのだ。

打ち倒すときに覆面で顔を隠しておけば、往来で晒し者になっているところに偶然通りがかったと装って左門が自ら捕え、正攻法では立ち向かえない奴らを獄門送りにしてやることもできる。

復讐を望む人々にしてみれば斬り殺してもらう以上に溜飲が下がるし、現役の廻方同心である左門だからこそ、そこまで段取りを付けられるのだと安心して、事を託す気にもなれるというものだ。

もしも相手が偽りの依頼を試みても、四十年来の町奉行所勤めを通じて鍛えられた目はごまかせなかった。

裏切れば無事では済まないと理解させておけば、左門たちが裏十手と称し、悪党を人知れず退治していることを暴露される恐れもなくなる。

そして左門は今日も、相手に会いに出向く。

この目で事の次第を確かめるため、自ら足を運ぶのだ。

こうして出かけるときには鉄平が独りで持ち場を見廻り、左門と一緒のときにも増して目を光らせてくれているので、心配は無用であった。

ようやく橋を渡りきり、左門は向こう岸に着いた。

横殴りに吹き付ける川風から、やっと逃れたのだ。

（あー、寒かったぜぇ……）

ホッと顔をほころばせ、鼻水を啜る。

安堵すれば、自ずと笑顔も浮かぶもの。

そんな笑顔も、視線を巡らせたとたんにたちまち曇る。

目の前に拡がる大通りは、今日も閑散としていた。

大川の西岸に当たる、橋の西詰め一帯は両国広小路と呼ばれている。

他にも下谷《したや》や浅草など、江戸市中の各所に設けられた広小路は、火事が起きたときの群集の避難に備えて、通常の何倍も幅が広く取られた道のこと。移動が可能な仮設の小屋ならば往来で商いをすることが認められ、芝居小屋に見世物小屋、寄席《よせ》に露店が集まって、盛り場が形成されていた。

かつては江戸有数の盛り場だった両国広小路も、今や活気が失せて久しい。

芝居や見世物の一座はもとより、露天商や大道芸人たちも公儀の厳しい取り締まりを恐れて、寄り付かなくなったからだ。

庶民の新たな娯楽の場として人気を集めつつあった寄席も、例外ではない。

今年の初めまで江戸市中に二百十一軒も存在したのがほとんど無くなり、辛《かろ》うじて存続を許されたのは十五軒。ここ両国界隈でも橋の東詰まで含めて、わずかに三軒を残すのみだった。

誰に迷惑をかけるでもない寄席まで取り締まりの対象にされたとなれば、芝居小屋や見世物小屋が撤去されたのも止むを得まい。

理屈は分かるが、残念な限りである。

色とりどりの幟《のぼり》が風に翻《ひるがえ》り、鳴り物の音が終日止むことのなかった時代を知る左門にとっては、尚のことだった。

（あーあ、寂しくなっちまったもんだなぁ……）

閑散とした通りを歩きながら、左門は溜め息を吐かずにいられない。

贅沢ばかりか娯楽まで目の敵《かたき》にする、水野忠邦の改革は厳しすぎる。

人間が堕落しがちなのは今も昔も変わらぬ世の常だが、締め付けるにしても限度というものがあるだろう。

しかし忠邦の方針に逆らうのは、肝の据わった景元を以てしても難しかった。先代の南町奉行だった矢部定謙と共に異を唱え続けた江戸歌舞伎三座の強制移転も、中村座が火を出したのをきっかけに、押し切られてしまって久しい。

　忠邦は将軍の揺るぎない信任の下で、幕政の改革を推し進めている。家慶《いえよし》公が忠邦を見限らぬ限り、この有り様がずっと続くのだ。

　そう思えば左門は一層、暗澹《あんたん》とした気分にならずにいられない。

「ふぅ……」

　歩を進めながら、空を見上げる。

　分厚い雲が立ち込めているせいで、陽も射さない。

（へっ、お天道様までお隠れかい）

　月が明け、十一月を迎えた江戸は陽暦ならば十二月。

　年の瀬に向けて、いよいよ寒さは厳しくなりつつある。

　川風で冷えた体を、早く温めねばならない。

「ぶるるっ、冷えやがるぜぇ……」

　負けじと背筋を伸ばし、左門は先を急いだ。

　日が暮れる前に戻るためには、速やかに話を付けねばなるまい。

　そう思えば、自ずと歩みも速くなる。

足早になれば、体も暖まるので一石二鳥だ。

(長英先生、今日はどんな話を持ち出すのかねぇ……)

気持ちも足取りも前向きに切り替えて、先を急ぐ左門であった。

三

浅草御門を横目に左手へ曲がり、馬喰町《ばくろちょう》の通りを抜けていく。

目の前に現れたのは浜町川《はまちょうがわ》。

町中を流れる堀を、荷運びの船が忙しく行き交う。

(そろそろだな……)

緑橋と呼ばれる小さな橋を渡り、二つ目の街角を右に曲がると、行く手に牢屋敷が見えてきた。

三千坪近い敷地は六尺豊かな大男でも届かない忍び返し付きの高塀に囲まれ、外側には深い堀。橋は表門と裏門に連なる二箇所しか掛かっておらず、厳しい監視の態勢が敷かれている。囚人たちの逃亡を防ぐだけでなく、外部からの襲撃にも抜かりなく備えた造りであったが、左門ならば出入りは容易い。

「北町の嵐田だ。ちょいと邪魔するぜぇ」

門番の下男《しもおとこ》に名前を告げ、まずは潜り戸を開けてもらう。

南北の町奉行は、牢屋奉行の石出帯刀《いしでたてわき》よりも立場が上。

配下の同心も、またしかりだ。

表門の向こうは右の手前に牢屋奉行と同心たちの官舎が建ち並び、左手前の一帯と奥に牢屋が連なる。ちなみに死罪場と様場は、右手の奥に設けられていた。

「おや、嵐田さん」

番所に居た、中年の牢屋同心が顔を上げた。

「よぉ」

左門は片手を挙げて微笑んだ。

「久しぶりだったなぁ。達者にしてたかい？」

「おかげさまで稼がせてもろうておるよ」

「へっへっへっ、役得が多くて結構なこったな……だけどよ、あんまり囚人をいじめちゃいけねぇ。ピンハネも度が過ぎると恨みを買うぜぇ」

「これ！　お声が大きすぎるぞ」

「ははははは、こいつぁ地声だよ」

慌てる同心に笑みを返し、左門は番所の前を通過する。

他の同心や下男からも、咎められることはない。

御成先御免の着流しと黒羽織は、廻方同心ならではの装束。

姿さえ見れば、誰もが一目で町奉行所勤めと分かる。

事件の捜査に専従する立場ならば、いつ牢屋敷を訪れても不自然ではない。

まして左門は『北町の虎』と呼ばれ、追われる悪党どもだけでなく、役人仲間からも恐れられた男だ。

まさか裏十手と称して密かに悪党退治を請け負っており、事もあろうに牢名主からの依頼まで受け付けているとは、誰も疑っていなかった。

今日の左門は一人だったが、部外者を同行させることもおおむね許される。

だが、その逆はいけない。

(あの先生、今度は何を頼むつもりかね。まさか年の瀬のどさくさに紛れて、牢破りをやらかす相談じゃあるめぇな……)

左門が危惧するのも無理はなかった。

長英は蛮社《ばんしゃ》の獄《ごく》で永牢《えいろう》の裁きを受け、終身刑を科せられた身。

この小伝馬町の獄中で、一生を過ごさなくてはならない立場なのだ。

若き日に留学した長崎で蘭学と医術を学び、オランダ語にも堪能で当代一の蘭学者と呼ばれる秀才が、このまま終わりたいはずがあるまい。

そのうちに折を見計らい、牢破りの手引きを頼んでくるのではないだろうか――。

裏十手の仕事を始めて以来、左門はそうなる可能性を常に考えていた。

まさか引き受けるわけにはいかないが、無下《むげ》にもできまい。

あの男には、敬意を払うにふさわしい値打ちがあるからだ。

長英は知勇兼備の傑物だった。

頭が切れるだけではなく、体力も十分。

武家あがりで剣の腕が立つのも、見れば分かる。

素手でも荒くれ揃いの囚人たちを圧倒する強さを誇り、かのシーボルトが主宰した鳴滝《なるたき》塾《じゆく》では塾頭に任じられるほど、医者としても確かな腕を備えている。

このまま牢の中で朽ち果てさせてしまうのは、たしかに惜しい。

幕閣のお歴々がもっと蘭学に理解を示し、海の向こうに目を向ければ、長英の必要性にも気が付くはずだ。

公儀の対外政策は、何ともあやふやなものであった。

栄華を誇った清《しん》王朝がイギリスに大敗を喫したのを受けて戦々恐々となり、近海に出没する異国の船をすべて敵と見なして大筒で威嚇していたかと思えば、政策を一転させて薪水《しんすい》を給与し、機嫌を取ろうとするとは何事か。

人も国も、毅然としていなければ甘く見られるのは同じこと。

このまま鎖国を貫くにせよ、長く続いた禁を破って異国に門戸を開くにせよ、武力の備えは必要だ。

蘭学者たちを取り締まるよりも、今こそ登用すべきであろう——。

幕閣の考え方が左様に改まれば、長英は手を貸すまでもなく牢から出され、持ち前の才能を存分に発揮できるに違いない。罰せられるどころか公儀のお抱え学者に抜擢されて、重く用いられてもおかしくあるまい。

しかし鳥居耀蔵が南町奉行の座に在る限り、放免される可能性は皆無だった。

耀蔵は、将軍家の儒講を代々務める林家《りんけ》の生まれ。

旗本の鳥居家へ養子に出された後も儒学を尊び、蘭学を嫌悪して止まずにいる。

忠邦とは違った意味で、堅物すぎると言うしかない。

あの忠邦でさえ、蘭学には少々の理解がある。

昨年の五月には、長崎から来た洋式砲術の高島《たかしま》流一門が江戸郊外の徳丸《とくまる》ヶ《が》原《はら》で実射の調練を行うのを認め、直々に検分した上で高く評価し、多額の褒美を与えたばかりか大砲まで買い上げたのは記憶に新しい。

もしも耀蔵さえ異を唱えなければ、高島流は幕府に全面導入されていただろう。

ほとんど戦国の昔のままだった大筒も小筒（鉄砲）も最新型に改められ、戦術まで一新されて、幕軍の火力は大幅に増強されたはず。アヘン戦争に敗れた清の惨状を今こそ反面教師とし、量産も視野に入れていたに違いない。

だが忠邦は耀蔵の巧みな讒言《ざんげん》に踊らされ、一門を率いる高島秋帆《しゅうはん》は告発されて無実の罪にまで問われてしまった。

自分だけ進歩を拒むのであれば、まだいい。

何時《いつ》の世にも信念を持って古きを尊び、新しきを忌み嫌う者は居るからだ。

とはいえ、周囲に強いるとは言語道断。

まして耀蔵は天下の政《まつりごと》にまで己の頑迷な思考を持ち込んで混乱させ、何ら憚らずにいるのである。蛮社の獄も高島流の登用中止も、すべて耀蔵が私怨で起こしたことと思えば空恐ろしい。

（耀甲斐の野郎を何とかしなくちゃ、日《ひ》の本《もと》は危ねぇなぁ……）

さして政に関心を持たない左門でさえ、そんな危機感を覚えずにいられない。

幕府を大樹に譬《たと》えるならば、耀蔵は幹の奥深くに食い込んだ害虫と言えよう。

しかも頑迷なくせに頭は切れるから、始末が悪い。

一体、誰が引導を渡すのか。

その役目を左門自身が担うことになるのかどうかは、まだ分からない。

裏十手の仕事として頼まれれば否《いな》やは無いが、倒すのは至難であろう。

ともあれ、今は長英に会うのが先だ。

左門は黙々と鞘土間《さやどま》を進んでいく。

足許から立ち上る寒さは、表よりキツい。

(さーて、長英先生と一丁勝負と行くかね)

冷え込みの厳しい中、黙々と歩を進める左門であった。


大牢の前には、一人の下男が六尺棒を手にして立っていた。

「お待ちしておりやした、旦那」

ぺこりと一礼する下男の名は栄蔵《えいぞう》。

長英に心酔している栄蔵は、裏十手のことも承知の上。

左門が訪れたときは他の下男や同心たちの目をごまかし、二人の話に邪魔が入らぬようにしてくれる。連絡用の手紙を密かに運ぶのも、栄蔵の役目であった。

「ご苦労さん」

一言ねぎらい、左門は牢格子の前に立った。

大牢の囚人たちは板敷きの床に寝そべり、のんびりとくつろいでいた。

左門が来たのに気付いても、騒ぎ立てる者など誰も居ない。

（へっ、変われば変わるもんだなぁ。ほんとに大した先生だぜ……）

長閑《のどか》な光景を目の当《ま》たりにするたびに、左門は感心せずにいられない。

ほんの数年前まで誰もが目をぎらつかせ、こちらの姿を見かけると牢格子の向こうから憎しみの視線をぶつけてきたものである。

囚人たちを牛耳る牢名主も、牢役人と称する側近もふんぞり返り、牢屋同心や下男はもちろんのこと、左門ら町奉行所勤めの同心のことも歯牙にもかけず、悪態ばかりついていた。

とはいえ牢破りを試みるほど、大胆なわけではない。

いずれ刑に処されるのを承知の上で開き直っているだけだったが、荒《すさ》んだ様を目にするのは気持ちのいいものではなかった。

そんな環境を一変させたのが、三年前に入牢した高野長英。

長英は出来た男であった。

荒くれ揃いの囚人を束ねていながら驕《おご》り高ぶることなく、専用の文机の前に座って書見と執筆に取り組むのを日課としており、他の牢名主のように積み重ねた畳の上でふんぞり返ったりはしない。

もちろん周囲に無関心というわけではなく、新入りの囚人が騒ぎを起こせば最初は穏やかに注意を与え、聞き分けが悪ければ、やむなく腕ずくで大人しくさせる。

優秀な医者であることも、信頼を寄せられて止まない理由のひとつであった。

牢内で病人が出たときも労を惜しまず、獄医が足許にも及ばぬ腕を振るって治療を施す一方で、予防にも余念が無い。

牢の中は、今日も整然と片付いていた。

布団はきちんと畳んで片隅に寄せられ、板敷きの床も掃除が行き届いている。

ほとんど陽が射さないのだから、せめて湿気も埃も溜め込まないようにすることで病を防ごうと長英が呼びかけ、囚人たちに日々実践させているのだ。

自ら励んで清潔にしていれば、汚さぬように心がけもする。

以前は考えられないことだが、すべて長英の影響であった。

「来たぜぇ、先生」

「嵐田殿か……」

左門に声をかけられ、長英が文机から顔を上げた。

牢格子越しに見える顔は、学者と思えぬほど精悍な面構え。

口調も物腰も穏やかだが、金壺眼《かなつぼまなこ》の放つ光は鋭い。

何も、左門を威嚇しているわけではない。

相手が誰であろうと真摯に向き合い、思うところを聞き出したい。

そんな姿勢の顕れなのだ。

娑婆《しゃば》に居た頃の長英は優秀なれど軽々しいところもある、いわば聖俗を併せ持つ質《たち》であったという。

それが永牢の刑に処されて以来、日を重ねるほどに聖者の如く変わってきた。

左門と知り合ってからだけでも、すがすがしさが増している。牢暮らしの決まりで頭を丸めることは許されていなかったが、髪を蓄えていながらも僧侶の如き雰囲気を漂わせて止まずにいた。

「さっそく話を聞かせてもらおうか」

「うむ」

軽くうなずき、長英は読みかけの書物を閉じた。

立ち上がり、さりげなく牢の奥へと視線を送る。

応じて、ぬっと一人の男が立ち上がった。

長英と同じ、浅葱色《あさぎいろ》の獄衣姿。

この男が、こたびの依頼主であるらしい。

左門は牢格子の前に立ち、こちらに向かってくる男を見やる。

そのとたん、目を瞠《みは》ったのも無理はない。

男が進み出たとたん、くつろいでいた囚人たちがサッと道を開けたのだ。

どの者も、自ら進んで退く謙虚さなど皆無のはず。腕っ節でも知恵でも敵わぬ長英にはやむなく従っているものの、一筋縄ではいかない連中だからだ。

(何者だい、こいつぁ……)

左門は男を凝視する。

身の丈は五尺五寸(約一六五センチメートル)ばかり。

左門と比べれば小柄だが、並より高い。

年齢は判然としなかった。

形よく背筋の伸びた姿勢だけ見ると若々しいが、顔は老けている。

髪は半ば白く、日焼けした肌に皺が目立つ。

それでいて体付きは引き締まっており、目付きも鋭い。

筋骨隆々というわけではないが足腰はたくましく、尻にも張りがある。

長い道を歩いたり駆けたりするのを日常としていなくては、こうはなるまい。よく日に焼けているところからも、そう思えた。

かと言って、行商人や飛脚には見えない。

漂わせる雰囲気は丁半博打を生業《なりわい》とし、勘と度胸を頼りに生きる博徒そのもの。

しかも年季の入った、大物の貫禄を備えている。

されど、一家を構える親分という感じはしなかった。

若い頃には血の気が多かった男も齢《よわい》を重ねるうちに落ち着き、殺気もむやみに放たなくなるものだが、この男がまとう雰囲気は現役そのままである。

それも左門が日頃取り締まっている、江戸の博奕打ちとは違う。

取り締まりを避けて開かれる賭場に集まり、丁半博奕に明け暮れる男たちの印象は譬えるならば剃刀《かみそり》の刃のようなもの。

この男は同じ鋭い刃物でも、分厚い鉈を彷彿《ほうふつ》させる。

皮を切り裂くだけでは終わらずに、骨まで断ち斬る重さを感じさせるのだ。

荒くれ揃いの囚人たちがとっさに道を開けたのも、そんな男の雰囲気を機敏に察知すればこそだったのだろう。

かつて韮山《にらやま》代官の江川英龍《ひでたつ》に目を付けられ、甲州街道の宿場町を荒らす無頼の徒を懲らしめる役目をさせられたときにしばしば出くわし、やり合った連中を彷彿させて止まなかった。

（まさか旅鴉《たびがらす》じゃあるめぇな……）

左門の読みは当たっていた。

「お控えなすって」

牢格子の向こうで、男がおもむろに仁義を切ったのだ。

こたびの依頼主は八州廻りに捕らえられ、江戸送りにされた渡世人。

通り名は、早抜きの丈三郎。

又の名は人斬り丈三。上州では知られた存在の腕利きで、かの国定忠治から一家に加われと誘いを受けても取り合わず、親分なしの子分なしで流浪の旅暮らしを続けてきた男であった。

四

「こちらでございやす、旦那がた」

栄蔵に引率され、三人は牢を出た。

鞘土間を抜けて向かった先は、獄舎の並びに建つ拷問蔵。

剣呑な場所だが、密談をするのには都合がいい。

もちろん勝手には入り込めず、鍵を開けてもらわなくてはならない。

左門と旧知の同心が金に汚いことは、日頃から長英も分かっている。あらかじめ袖の下を握らせて、拷問蔵は貸し切りにしてあった。

取り引きに応じた牢屋同心も、まさか裏十手の仕事の交渉をするためとは夢想だにしていない。蛮社の獄で長英の担当をしていた左門が、個人の付き合いで足を運んだだけのことと思い込んでいる。

それでも立場上、釘を刺しておく必要があるらしかった。

「このような真似をされては困るぞ、おぬしたち」

拷問蔵の鍵を持ち出した同心は、三人を前にして渋い顔。

「まぁまぁまぁ、いいじゃねぇか」

すかさず左門が取り成した。

「どうせ今日は牢問いをしねぇんだろう？　だったらお前さんの裁量で銭儲けをしたところで、何の障りもあるめぇよ」

「それはそれとして、言うておかねばなるまいぞ」

「じれってぇなぁ。勿体《もったい》を付けずに早く言いなよ」

「されば申すぞ、嵐田さん」

急かす左門に顔をしかめながら、同心は言った。

「牢名主と話すだけならば、格子越しでもよかろうぞ。いつも人目を避けて会おうとするのは何故なのだ？　余計な勘繰りをさせないでくれ」

「おいおい、馬鹿なことを言いなさんな」

慌てることなく、左門は答える。

こういうときには、相手の意表を突くことが肝要だ。

指摘された場合に備え、左門はあらかじめ答えを用意していた。

「これでも俺ぁ八丁堀だぜ。永牢の裁きを受けた先生から蘭学のいろはを教わってるなんて知れ渡っちまったら、困るんだよ」

「蘭学の手ほどきとな？」

「おや、言ってなかったかい」

驚く同心に、左門は何食わぬ顔で続けて語る。

「これからは年寄りも異国の言葉ぐれぇ話せなくちゃいけねぇと思ってな、読み書きを教わってんのよ。お前さん知ってるかい？　阿蘭陀《オランダ》じゃいろはのことを、あーベーせーでーと言うのだぜ」

「これ、声が大きいぞ」

同心は慌てて左門の口を押えた。

「何を考えておるのだ、嵐田さん。南のお奉行は大の蘭学嫌い……」

しかし、左門は引き下がらない。

「てやんでぇ、俺は北町だぜ。耀甲斐なんざ糞喰らえだ」

皆まで言わせず、話を打ち切る。

真に迫った芝居は、左門の本音を込めたもの。

なればこそ、疑いを抱く余地も無かった。

「まったく、おぬしは昔から変わらぬなぁ……」

牢屋同心は溜め息を吐く。

左門の頑固さは、若い頃から承知の上だ。

下手に逆らったところで意味はなく、言い負かされるだけのこと。

どのみち押し切られるのなら、早めに退散したほうがいい。

「長くは待てぬぞ。程々にな」

一言告げると、同心は鍵を開けてくれた。

「分かった分かった、いいから早く行きなって」

邪魔な同心を追い払い、左門は拷問蔵の扉に手を掛ける。

「それじゃ旦那がた、失礼しやす」

栄蔵も一礼して立ち去った。

去りゆく姿を尻目に、左門は扉を開く。

一歩入ったとたん、むっとする臭いがまとわりつく。

この拷問蔵は、黙秘を通した囚人が最後の取り調べを受ける場所。

同じ牢屋敷の敷地内にある穿鑿所《せんさくしょ》で打ち叩かれ、石を抱かされても白状しない者が連行されて、海老責《えびぜめ》と釣責《つりぜめ》に掛けられる。

拷問にまで至った者はほぼ有罪と見なされるため、死に至ってもやむなしとされていたから、手加減など期待できない。まさに地獄の責め場であった。

縛った囚人を吊るす柱を、小さな窓から射し込む西日が照らしている。

一体、幾人がこの場で責め殺されたのだろうか——。

そう思えば、光が射していても足がすくんでしまう。

しかし、左門は平気の平左。

何ほどのこともなく、ずんずん蔵の奥へと入っていく。

後の二人も、まったく怯えていなかった。

それでいて、丈三郎は顔色が良くない。

知ってか知らずか、長英がそっと促す。

「話は手短に済ませることだ。手短に……な」

「へい」

青い顔でうなずき返し、丈三郎は拷問蔵の奥に向かう。

左門は釣責用の柱に片手を突き、丈三郎が来るのを待っていた。

改めて二人は向き合い、視線を交わした。

「よろしくお願いいたしやす」

「こっちこそ、お手柔らかに頼むぜぇ」

一礼するのに応じて、左門も会釈を返す。

柱に突いた手を離し、きちんと礼を尽くしていた。

相手が人斬り丈三と異名を取った凄腕であることは、すでに承知の上だった。

仁義を切られるまでは顔と名前が一致せず、詳しい素性やお尋ね者となるに至った
罪状も把握できてはいなかったが、不敵な面構えだけは北町奉行所に回ってきた人相

書きを通じて覚えていた。

(成る程なぁ、さすがに大した貫禄だ)

いざ当人と顔を合わせてみると、そう感じずにいられない。

むろん、臆してなどいなかった。

相手が誰であろうと、最初から腰が引けていては話になるまい。頼みを引き受けるのであれ断るのであれ、堂々と構えていればいい。

(人斬り丈三たぁ大した二つ名だ。お前さんの器、見極めてやろうじゃねぇか)

左門は不敵に微笑んだ。

そんな様子に構うことなく、長英は黙って脇に控えている。

二人を引き合わせた立場として、あくまで公平に振る舞うつもりらしい。

先に話を切り出したのは丈三郎だった。

「牢名主様にうかがいやした。旦那は江戸市中のお見廻り役だそうで……お忙しいでしょうに、ご足労をおかけしちまって申し訳ございやせん」

「そんなことは構わねぇよ。こっちも仕事だからな」

「恐れ入りやす」

「ところでよ、ひとつだけ念を押させてくれねぇか」

「お前さん、まさか牢破りの手引きを頼みてぇって言い出すつもりじゃあるめぇな」

「何でござんすかい」

「……お願いできるんですかい、旦那」

「駄目だ。他のことならともかく、それだけは勘弁してくんな」

「やっぱり無理でござんすか……」

丈三郎は溜め息を吐いた。

落胆したせいか、顔色が青い。

先手を打って正解だったようである。

（くわばら、くわばら）

ホッとしながらも、左門は油断をせずにいる。

（こいつぁ一筋縄じゃいかねぇな。安請け合いをしちゃなるめぇよ……）

仕事の話をしに出向いて早々、こういう態度を取るのは左門にしては珍しい。

それほどまでに、相手を信用していないのだ。

根拠のない偏見や、つまらぬ先入観とは違う。

左門は江川英龍から押し付けられた仕事を通じて、武州と甲州で嫌と言うほど博徒たちとやり合ってきた。その折の体験を通じて、実情を理解していたのである。

この手合いに、仁義など有りはしない。

縄張り争いと称して土地の利権を取り合い、弱い者は平気で泣かせたり博奕のカモにしたりするくせに、代官や八州廻りには平気でこびへつらう。

親分なしの子分なしで生きる旅鴉《たびがらす》にも、信用は置けなかった。

一家に属することなく旅暮らしをする渡世人は、一言で言えば半端者。

流浪の日々を送らざるを得ない理由が、何かあるのだ。

たたずまいこそ立派な丈三郎だが、旅鴉となれば油断は禁物。

案の定、先手を打たなければ牢破りを頼まれるところだったのだ。

そんなことは、裏十手の仕事とは呼べまい。

長英も、委細を承知で左門に取り次いだのであれば、どうかしている。

そんな左門の胸の内など知らず、丈三郎がおもむろに告げてきた。

「あっしには一人だけ、頭の上がらねぇお人が居りやす」

「そいつぁ、どこのどちらさんだい」

「恩義を受けた宿場町の親分さんでござんす」

「そのお人のために、俺らの力を借りてぇのかい」

「へい」

「まさか、その宿場まで草鞋を履いてくれってんじゃねぇだろうな」

「お察しの通りでござんす」

「そいつぁ無理な相談だぜ」

左門はたちまち渋い顔。

いきなり旅に出てほしいと言われては、難色を示したのも無理はなかった。

廻方同心には、休みなど無いに等しいからだ。

もちろん非番の日はあるし、市中見廻りの持ち場も南町奉行所とひと月ごとに交代で受け持つので、その間は奉行所内で雑務だけこなしていればいい。

だが、旅立つとなれば事情が違う。

まとまった休みを、真の理由を伏せたまま取ることなど不可能だ。

以前に武州から上州まで悪党退治の旅をさせられたときは、頼んできた江川英龍が遠山景元まで巻き込んだため、自ずと北町奉行の公認で暇を貰えた。

しかし、こたびはそういかない。

裏十手の仕事を黙認し、左門たちが罠にかけた悪党が速やかに裁きを受けるように上手く事を運んでくれる景元も、博徒の争いに手を貸すとなれば、さすがにいい顔はしないだろう。

関八州では国定忠治を筆頭に、さまざまな親分とその一家が幅を利かせている。先だっての左門の働きも、所詮は焼け石に水でしかなかった。

ましてこたびは博徒を助ける話なのである。

やはり、断じて受け付けるわけにはいかなかった。

「なぁお前さん、そいつぁ本気で言ってるのかい？」

「へい」

答える丈三郎は大真面目。

鼻白みながらも、左門は続けて問いかけた。

「俺はこれでも役人なのだぜ。悪党退治をやらせてもらっちゃいるが、渡世の義理とやらに巻き込もうってのは、ちょいと違うんじゃねぇのかい」

「そこんとこを曲げて、何卒お願い申し上げやす」

丈三郎は深々と頭を下げる。

こちらには悪い冗談としか聞こえなくても、当人にとっては切実な問題なのだ。

気持ちは分かるが、同情は禁物。

依頼をえり好みするつもりはないが、さすがに付き合いきれなかった。

「すまねぇが諦めてくんな、丈三郎さん」

「どうしてもいけねぇんですかい」

「お前さん、役人は堅気の衆を助けるのが役目なのを忘れてるんじゃねぇのかい」

「そいつぁ表の御用のことでござんしょう。裏でこっそりおやりになるんなら、話は違うはずですぜ」

「おいおい、それは金次第で何でもやらかす手合いの考えだろう。俺らの中じゃ裏と表は繋がってるんでな、悪の手助けなんかはしたくねぇんだ」

「それじゃ旦那、無職渡世は悪党だから裏であろうと金輪際、手は貸せねぇってことですかい」

「有り体《あてい》に言えばそういうこった」

告げる口ぶりも内容も、左門は冷たい限りであった。

逆上されても構わないし、そうしてくれれば断る上でも好都合。

左様に計算しての態度だった。

もう一言、とどめを刺しておいたほうがいいだろう。

「まぁ、その親分とやらが華のお江戸で一家を構えているってんなら、ひとつ考えてやらねぇでもなかったんだが、田舎やくざじゃ話になるめぇよ。お前さん、やっぱり頼む相手を間違えてるぜぇ」

「そうですかい……」

丈三郎は黙り込む。

ずばりと告げられ、少しは堪えたらしい。

しかし、いつまでも沈黙したままではいなかった。

静かな眼差しで左門を見返し、告げる口調は変わることなく穏やかだった。

「何を言われたところで仕方はありやせん。たしかに旦那からご覧になれば、けちな田舎やくざでござんしょう……それでもあっしにとっては親や兄弟より、大事なお人なんでさぁ」

「おいおい、そいつぁ言いすぎってもんじゃねぇのかい」

思わず左門が窘《たしな》めたのは、自分も人の親であればこそ。

それでも丈三郎の態度は変わらなかった。

「構いやせんよ。生まれたばかりのあっしを間引こうとした奴らのことなんざ、思い出したくもねぇんで」

「間引きだと……」

思わず絶句する左門に、丈三郎は淡々と続けて言った。

「後から知ったことでござんすが、ちょうどあっしが生まれた頃に、ご公儀は間引きを厳しく禁じていなすったそうですね。そんなもんは気にも留めず、みんなして俺を殺しにかかったんでさ。そんな奴ら、身内と呼びたくもありやせんよ」

　口調こそ変わらず折り目正しいが、言うことは辛辣《しんらつ》そのもの。

　無理もあるまい。

　この男、誕生すると同時に口減らしで殺されかけた身なのだ。

　こんな告白をされては、さすがに左門も気を遣わざるを得なかった。

「……お前さん、いつの生まれだい」

「癸丑《みずのとうし》でござんす」

「するってぇと……三十八かい？」

「今年でちょうど五十になりやす」

「ほんとかい？　俺ぁ四十そこそことばかり思っていたぜ」

「そんなことはござんせん。旦那に申し上げちゃ失礼でしょうが、もう若くはありやせんので」

「そうかい……お前さん、よっぽど苦労したんだなぁ」

　左門は労《いた》わずにいられなかった。

　丈三郎のきりっとしたたたずまいは、とても老年とは思えない。三度笠で白髪交じりの頭と皺の目立つ顔を隠せば、誰もが男盛りと見なすだろう。

しかし、先程の告白を聞いた後ならば合点も行く。

若々しい印象を与えるものの、寛政《かんせい》五年（一七九三）生まれだったのだ。

当時の老中首座は松平定信《まつだいらさだのぶ》。徳川御三卿《ごさんきょう》の田安《たやす》家の生まれで、同じく一橋《ひとつばし》家の出身だった十一代将軍の家斉《いえなり》公とは身内であった。

親族同士の争いに敗れ、自身が将軍となることは叶わなかったものの、幕政の現場の頂点に立った定信は弛緩していた幕政の改革に手腕を振るい、徹底した倹約による飢饉対策、風紀の粛清と武芸の奨励、そして間引きと称する子殺しの防止を、盛んに唱えたものだった。

贅沢を禁じられた大奥から反発を食い、同年の七月を以て定信が幕閣から追われた後も数々の政策は存続され、間引きの禁は津々浦々まで浸透した。文字が読めなくても理解できる因果応報図によって、赤ん坊を生み育てずに死なせた者は地獄に堕ちる教えが広まったことも、左門の記憶に新しい。

そんな時代に生を受けながら、丈三郎は産声を上げて早々に殺されかけたのだ。

当時の左門はまだ元服前の少年だったが、厳格な亡き父は息子が性に目覚める年頃なのを踏まえた教育を怠らず、婦女子にみだりに手を付けてはならない、もしも子を孕ませたなら嵐田家に引き取って養育し、断じて命を粗末にさせてはならぬと教えられたものである。

とはいえ、誰もが真っ当に生きられるわけではない。

結果として隠し子を持つには至らなかったものの、左門の家には余裕があった。

だが、丈三郎の生まれた家は不幸にして違ったのだ。

どのようにして救われ、成長するに至ったのかは定かでない。

そこまでは当人も明かそうとしなかったが、言わずもがなのことである。

自分は間引きされかけた身と知った少年が、如何にして人斬り丈三と呼ばれるまでになったのか。そう思えば、胸が痛い。

左門の心は揺れていた。

「余計なことを申し上げちまってすみやせん。話を続けさせていただいてもよろしいですかい」

「あ、ああ……」

「ありがとうございやす」

丈三郎の態度は、あくまで折り目正しい。

好んで口にしたくはなかったであろう過去を明かしても取り乱すことなく、こちらに向ける視線は真剣そのもの。何としても、引き受けてほしいのだ。

「旦那は旅慣れておいでとうかがいやしたが、そいつぁほんとですかい」

「そんな、慣れてるってほどじゃねぇやな」

「中山道を歩かれたことはございやすかい」

「俺が草鞋を履かされたのは甲州街道だよ。日光にも御用で出向いたことがあるけど中山道は縁が無くってな……。やっぱり俺には無理な相談だろうぜ」

「そんなことはございやせん」

何とか逃げ切ろうとする左門に、丈三郎は食い下がる。

「道中に慣れておいででしたら十分でござんす。引き受けてやってくだせぇまし」

「だから無理だと言ってるじゃねぇか」

「お願いいたしやす。どうか親分の力になってやっておくんなさい」

そう告げるなり、丈三郎は左門の足許にひれ伏す。

あくまで淡々としているが、態度は真摯そのもの。

熱っぽく食い下がられるよりも、押しが強い。

傍らの長英は黙ったまま、戸惑う左門を見つめている。

話だけでも聞いてやらねば、この場は収まるまい。

やむなく左門は呼びかけた。

「とにかく、頭を上げなって」

「へい……」

立ち上がる丈三郎に気負いはない。

いちから事情を明かす態度からも、謙虚さが失せることはなかった。


丈三郎の話によると、捕まったのは中山道の倉賀野《くらがの》宿を出たところ。

隣の新町宿にて一家を構える旧知の親分が新興の勢力に追い込まれ、このままでは潰されてしまうと耳にして、馳せ参じる途中だったという。

夜道を急ぐ丈三郎を待ち伏せて御用にしたのは、八州廻りこと関東取締出役《かんとうとりしまりしゅつやく》。

無職渡世に足を踏み入れて三十年余りの間に、丈三郎は大勢を手にかけた。渡世人同士の争いとはいえ人斬りの罪を重ねた以上、裁きを受けなくてはなるまい。

その点は丈三郎も覚悟の上だが、親分の助太刀に行けないままでは心残り。

どうにもならずに悩んでいたのを長英に気付かれて事情を打ち明け、ならば左門を頼ればいいと紹介されたのだ。

事情は分かるが、やはり引き受けかねる話であった。

旅に出るということは、江戸を留守にしなくてはならない。

裏十手のことを知らないお熊はもとより、北町奉行所の上役や同僚たちをごまかすのは厄介極まりない。

内容自体も、二の足を踏むものだった。

博徒は関八州の治安を脅かす、悪しき存在。

左門の立場としては、そう見なさざるを得ない。

仮にも役人の身で、無頼の連中に手を貸すわけにはいくまい。

裏十手は表の御用と別物とはいえ、割り切れるものではなかった。

「どうあっても引き受けちゃいただけねぇんですかい」

「そういうこった。すまねぇが諦めてくんな」

「……そうですかい」

さすがに声を荒らげると思いきや、丈三郎の表情は穏やかだった。

「勝手を申してすみやせん。どうか忘れてやってくだせぇまし」

それだけ告げると、背中を向ける。

表では栄蔵が待っていた。

「しっかりしな」

肩を貸して牢に戻っていく様を、左門は見ていない。

後に残った長英に、問い詰められていたからだ。

「どういたす、嵐田殿」

「どうもこうもありゃしねぇよ」

答える左門は不機嫌だった。

「なぁ先生、何でもかんでも取り次ぐのは止めちゃくれねぇか」

「こたびの話が気に食わなかったらしいの」

「話がどうこうってんじゃねぇや。無理なもんは無理なんだよ」

「左様なことはあるまいぞ。幾らでも手は打てるだろう」

「そりゃそうだが、難儀なこったぜ」

「楽な仕事など有りはせぬ。違うか、嵐田殿」

「どうしたってんだい先生、今日はいつになく絡《から》むじゃねぇか？」

「そろそろ申すべき折かと思うてな」

鼻白む左門に、すっと長英は迫る。

間合いを詰めざまに浴びせてきたのは、刃さながらに鋭い一言。

「おぬし、このところ楽をしておるのではないかな」

「何だってんだい、藪から棒に」

「表も裏も、決まった段取りで物事を進めておるように見受けられるが」

「別に悪いこっちゃねぇだろう。何だってすんなり済めば、御《おん》の字さね」

「前のおぬしは違ったはずだ。何であれ型にはまらず、横紙破りを押し通すのが身上だったのではないかな」

「勘弁してくれよ。そいつぁ還暦前の……」

「ならば、勇ましい異名など冠するのは止めることだ。ついでに裏十手と称して正義を気取るのも、な」

「てめぇ、いい加減に……」

「おや、何ぞ間違うたことを言うたかな?」

「……」

左門はぷいと横を向く。

図星を刺され、腹立たしくも反論できずにいた。

相手の魂胆《こんたん》は分かっている。

わざと左門を怒らせ、丈三郎の頼みを引き受けさせる気なのだろう。

乗せられてはなるまい。

案の定、長英はまた語りかけてきた。

「どうあっても引き受けられぬと申すのか」

「仕方ねぇだろう」

「左様か……。ならば、ひとつだけ申し添えておこう」

長英はあくまで動じることなく、静かに告げた。

「丈三郎は病んでおる」

「病……なのかい」

「左様」

「そういや、顔色が悪かったな」

左門は思い出した様子で言った。

「先生も人が悪いな。医者なら仕事なんぞ仲介するより、体を治してやるのが先ってもんだろうが？」

「できることならそうしておるよ」

「……難しい病気なのかい」

「うむ。膈《かく》の病だ」

「えっ……」

「食の細さから見て間違いあるまい。胃の腑にもしこりが生じておる。麻酔を用いて手術をしようにも手遅れぞ」

「……」

「引き受けてやってくれぬか、嵐田殿」

それだけ言い置き、長英も背中を向けた。

左門は一人で立ち尽くす。

思わぬ成り行きになってしまったものだった。

五

その夜の左門は、まったく酒が進まなかった。

せっかく『かね鉄』に寄りながら一合の徳利を持て余し、溜め息を吐くばかり。

二階の座敷は静まり返っていた。

珍しく、他の部屋に客が入っていないらしい。

と、廊下に面した障子が開く。

いつになく落ち込んでいる左門を案じて、鉄平が様子を見に来たのだ。

「どうしなすったんです、旦那ぁ」

「……ああ、鉄か」

「鉄かじゃありやせんよ。さっきから一体どうしなすったんで？」

「どうもしやしねぇ。ちょいと酔っただけさね」

「それにしちゃ、ちっとも楽しそうじゃござんせんね」

「たまには静かに呑みてぇ日もあるってこった」

　左門は寂しげに微笑んだ。

「すまねぇが独りにしといてくんな、鉄」

「そうですかい」

　鉄平は立ち上がる。

「何かあったら呼んでくだせぇまし」

　それ以上は何も言わず、黙って階段を下りていく。

「……すまねぇな」

　誰も居なくなった座敷で独りつぶやき、左門は杯に手を伸ばす。

　と、横から太い腕が割り込んできた。

「おめぇ、いつの間に!?」

「驚かせてすまぬな、嵐田殿」

政秀は悪びれることなく答えた。

「素寒貧では敷居が高くてな……屋根伝いに忍び込ませてもろうた」

「俺を尾《つ》けてきたのかい」

「ああ。小伝馬町で見かけたのでな」

「ちっ、油断も隙もありゃしねぇぜ」

「そう申すな。独酌では気も滅入るであろう？」

政秀は何食わぬ顔で杯をかっさらい、一息に飲み干す。

「あー、美味い……肴も相伴《しょうばん》して構わぬか」

「好きにしな」

仏頂面《ぶっちょうづら》になりながらも、左門は腰を上げようとはしなかった。

鉄平には言いづらくても、政秀ならば話しやすい。

本当に、このところ自分は楽をしているのか。

新入りの政秀だからこそ、分かるはずだ。

忌憚《きたん》のない答えを聞いた上で、丈三郎といま一度向き合うつもりであった。

翌日、丈三郎は牢内で横になっていた。

長英の計らいで作業はすべて免除され、朝から何もせずにいる。

思わぬ呼び出しがかかったのは、昨日と同じ時分のことだった。

「よぉ」

左門は拷問蔵には場違いな笑みを、皺だらけの顔中に浮かべていた。

「旦那……」

「具合はどうだい」

「おかげさんで何とか保《も》っておりやすが……」

「病は気からって言うぜ。せいぜい明るい心持ちになるこったな」

「………」

丈三郎は何も答えない。

入ってくるなり柱に手を突き、静かに息を整えていた。

無礼を咎めることもせず、左門は続けて問いかける。

「分かってるよ。俺に断られてる限り、そんな気分にゃなれねぇってんだろう？」

「それじゃ旦那、お引き受けくださるんですかい」

「まだだ」

「えっ……」

「俺はまだ、肝心なことをお前さんから聞いちゃいねぇぜ」

「何ですかい」

「どうしてそこまで酉蔵親分とやらに肩入れしてぇのか、そこんとこを包み隠さずに明かしてくれねぇか？」

「つまらねぇ私事でござんす。かえってお耳汚しでござんしょう」

「その私事ってやつを、お前さんは俺に引き受けさせようとしているのだぜ」

「………」

「お節介は承知の上だ。サックリ話してみなよ」

そこまで左門が踏み込んだのは、政秀の意見を踏まえてのこと。

(俺がお節介焼きでなかったら、仲間になろうとも思わなかった……か。へっ、道理であの野郎、遠慮ってもんをしねぇんだな)

腐りながらも前向きに受け止めることができたのは、自分はそれでいいのだと割り切れたからだった。

何事も、慣れというのは恐ろしい。

自分でも気付かぬうちに、左門は楽にこなせる仕事しか受け付けなくなっていた。

こたびの話も相手が無頼の徒であり、しかも旅に出なくてはならないと聞いただけで断る方向に頭が働き、情にほだされながらも受け入れるまでに至らなかった。その情こそが、命懸けで悪党退治に臨む上で大事ということさえ忘れていたのだ。

このままではいけない。

政秀は丈三郎の仕事を受けるべきと勧めた上で、同行すると申し出ていた。

鉄平にも事情を打ち明け、賛同してもらったとなれば迷いは無用。

後はとことん丈三郎の話を聞いて、共感することが必要だ。

「それでお前さん、どうしたんだい？」

「お恥ずかしいばかりの話でござんす……」

左門の問いかけに応じ、丈三郎はすべてを明かした。

きっかけは若く無鉄砲だった頃、賭場荒らしを試みたこと。

西蔵は丈三郎を自ら取り押さえながら仕置きをせず、見逃してくれたのだ。

それをきっかけに丈三郎は一家で修行を積み直して、ひとかどの男となるに至ったのである。剣の腕を上げたのも、西蔵の教えがあってのことだった。

杯こそ交わしていないものの、感謝の念を忘れたことは一度もないという。

ここまで聞けば、是が非でも助けたい気持ちも分かる。

牢破りをさせるわけにいかない以上、ここは代わりに出向くしかなかった。

丈三郎の病は江戸送りにされるまでに悪化しており、もはや長英にも手の施しようがない有り様だった。

故に無念を残さぬように左門を呼んで、事を託すように取り計らったのだ。

これほど事情が分かった以上、引き受けるしかあるまい。

されど、ここは思案が必要であった。

(まずはお奉行に話を通さなくちゃなるめぇな……)

やるからには、仕損じてはなるまい。

丈三郎が死して魂となった後も、責められぬように全うしたい。

そんな覚悟で挑む所存の左門だった。

六

数日の後、左門は草鞋を履いた。

鉄平と共に、中山道へと踏み出したのだ。

政秀も一緒である。

同行はしたものの、政秀は不安を否めぬ様子だった。

「おぬしは役人だろう。酒の勢いで勧めはしたが、まことに博徒の肩など持って大事はないのか」

「心配するねぇ。ちゃーんと手は打ってあるよ」

答える左門の口調は明るい。

「まことに大事ないのだな？」

「くどいなぁ。任せておきなって」

「左様か……」

政秀は口を閉ざした。

これ以上は詮索するまい。手は打ったと左門は言っているのだ。

手形まで用意をしてくれた以上、疑ってはなるまい。

信じたからには、最後まで付き合うのみだ。

久しぶりの旅を、政秀は楽しむことにした。

日本橋から板橋《いたばし》を経て、戸田《とだ》の渡しを越えれば辺りは緑も豊か。

紅葉の眩しさも目に心地いいが、鉄平は道の曲がりがキツいのに難儀な様子。

「今日は早泊まりにしましょうぜ……旦那ぁ……」

「仕方あるめぇ。そうするかい……」

左門も少々疲れてきたらしい。

「しっかりいたせ、おぬしたち」

こうなれば、政秀が気を張るしかあるまい。

二人の荷物を引き受け、先を行く足取りは力強い。

と言っても、孝行息子になりきったわけではなかった。

「これ遅いぞ、何をしておる？」

「う……うるせぇや」

「もうちっと……ゆっくり歩いてくんな……」

日頃は強気な鉄平はもちろん、左門もすっかり弱っている。

「ははは、愉快愉快」

政秀は潑剌《はつらつ》と先を行く。

気分もしっかり前向きになっていた。

日が暮れる前に熊谷《くまがや》までたどり着き、左門と鉄平は食事もそこそこに眠りこけた。

政秀も付き合い、早々と床《とこ》を取る。

熊谷宿は忍《おし》藩十万石の領内に含まれているため風紀を重んじられ、隣の深谷宿《ふかや》とは違って、食売旅籠が一軒も存在しなかった。

気を乱さずに熟睡すれば、翌朝は早く出立できる。

まだ眠りの内にある深谷を抜ければ本庄宿《ほんじょう》だ。

目指す新町宿まで、残すところ二里（約八キロメートル）足らずである。

しかし、すんなり宿場に入ることはできなかった。

行く手を見慣れぬ浪人が塞いだのだ。

「おぬし、無礼であろうぞ」

「若造に用は無い。退いておれ」

政秀の文句など歯牙にもかけず、その浪人——本間重太郎は街道に仁王立ちする。

「何だ何だ、騒々しいなぁ」

応じて、左門が前に出た。

「久しぶりだな、嵐田」

「お前さんは……」

相手の素性を思い出し、左門が絶句したのも無理はない。

本間重太郎は、かつて剣の道で鎬を削った相手。師匠こそ違ったが同じ心形刀流を学ぶ同士で、道場を離れれば酒を酌み交わす仲でもあった。

しかし、重太郎の視線は険しいまま。

「ふん、やはり参ったな」

「どういうこった、そいつぁ」

「左様なことは宿場に入ればすぐに分かる。それよりも、俺の前に恥ずかしげもなく顔を出せるとは相変わらずの肝の太さだ。はははははは」

「それを言うなよ、本間ぁ」

乾いた笑いを浴びせられ、左門は哀しげな顔になる。

しかし重太郎は取り合わない。

「親しげな口を利くでないわ。阿呆め」

つれなく告げると、踵を返す。

政秀は呆気に取られるばかりだった。

「どういうことだ、あれは」

「気になりますかい、政さん」

「当たり前だ。狷介《けんかい》にも程があろうぞ」

「けんかいって何ですかい」

「とげとげしゅうて触れもしない素振りということだ」

「成る程ねぇ、その通りだ」

　鉄平は苦笑する。

「でもねぇ政さん、相手があの人じゃ旦那も強いことは言えないんでさ」

「なぜだ」

「本間さんと旦那は恋敵ってやつなんでさ。それも負い目がありなさるんで、強くは出られないんでさ」

「どういうことだ」

「奥方と本間さんがいい仲でいなさるのを承知の上で割り込んで、奪っちまったからですよ。一途《いちず》な想いでやりなすったことにせよ、本間さんにしてみりゃ未だに恨みは尽きねぇんでござんしょう」

「何と……」

　政秀は絶句した。

　たしかに、左門はいつになく弱気である。

　思わぬ伏兵の登場に、すっかり打ちのめされていた。

鉄平が見越した通り、積年の恨みはまだ消えていなかった。

しかも重太郎は、敵対する親分の用心棒になっていたのだ。

このままでは和解するどころか、命のやり取りも避けられない。

「あやつはそれほどまでに強いのか、嵐田殿」

「ああ……若え頃から道場で立ち合って、一本だって取れたためしがねぇ」

「ならば、俺などと稽古をしたところで役には立たぬぞ」

「何もしねぇよりはマシだろうが。ほら、もう一遍だ！」

案じる政秀を促して、左門は再び打ちかかる。

対決は避けられないと思い定めて、稽古の相手をさせていたのだ。

「いい加減にせい。無理は体に障るぞ」

「まだまだだぜ。来いっ！」

宿場外れの森まで赴いて、政秀が音を上げるほど毎日励む。

そんな左門を邪魔することなく、鉄平は独りで動いていた。

宿場に入って早々から別行動を取り、合流したのは三日目のこと。

稽古場所にしている森は、人目を避けて会うのにも好都合だった。

「分かりましたぜ、旦那」

鉄平は敵の周囲を調べ回り、悪事の証拠集めを始めていた。

「成る程なぁ。代貸の又八か……こいつの脇が甘えところに付け入って、博奕の客筋を割り出したってことか」

「へい。口書《くちがき》もおおむね揃いやした」

「親分は袈裟蔵かい……思い出したぜ、こいつらは甲州で幅ぁ利かせていやがる一家の身内だった連中だ。まさか上州で宿場の乗っ取りをしでかすたぁ、夢にも思っちゃいなかったぜ」

「するってぇと旦那、袈裟蔵の甲州での悪事もご存じなんですね？」

「ああ、調べ書きは韮山代官所にきっちり出してあるよ。うちのお奉行の名前で写しを取り寄せればいいだろうさ」

「心得やした。仰せの通りにいたしやす」

「頼むぜ、鉄。後の仕上げもよろしくな」

「へいっ！」

力強く答えると、鉄平は席を立つ。

後に残った左門にも、休んでいる暇はなかった。

「もう一遍だ、若いの」

もはや余計なことは言わず、政秀は木刀を提げて立ち上がる。

「承知」

迫る対決に向けて、左門には余念が無い。

袈裟蔵の一家を潰した上で、重太郎とも決着をつける。

降りかかる火の粉は払わねばなるまい。

好むと好まざるとに拘わらず、いざとなれば斬らざるを得ないだろう。

そんな覚悟が、政秀にひしひしと伝わってくる。

なればこそ、稽古の手は抜けなかった。


そんな左門たちの動きは、袈裟蔵に重圧を与えていた。

今日も見張りに走らせた子分の報告を聞きながら、戦々恐々としている。

「嵐田の野郎、何をのんびり構えていやがる……？」

すぐにでも乗り込んでくると思っていただけに、何とも解《げ》せない。

おびえているのは又八も同様だった。

「毎日飽きずにヤットウの稽古ばっかりしてるそうですぜ、兄い」

「どうして乗り込んで来ねぇんだろうなぁ、ええっ」

「分かりやせんよ、そんなこと」

「挑発しておるつもりであろう」

おびえる袈裟蔵と又八に、重太郎は淡々と告げた。

「どういうこってす、先生」

訳が分からず袈裟蔵が問う。

返された答えは明快だった。

「決まっておろう。おぬしを小馬鹿にしておるのだ」

「何ですって……」

「甲州においてやり込めた頃と変わらず、こたびもたやすく押さえ込めると見なしておるのだろう。さもなくば、宿場入りして早々に乗り込んで参ったはずぞ」

「野郎、ふざけやがって！」

いきり立ちながらも、袈裟蔵はまだ弱気であった。

「先生、どうすりゃいいと思いますかい」

「誘いに乗るか乗らぬかは、おぬしが決めることぞ」

「それはそうだが、お前さんの考えを聞きてぇんだ」

「常々申しておる通り、拙者はおぬしに雇われし身であるぞ。拾うてもらったその日から、勝手に動くまいと決めておる」

「だったら先に、嵐田の野郎をぶった斬っちまってくれよぉ!」

突き放したような言い方をされ、思わず声が震えたのも無理はない。

それでも重太郎は態度を変えなかった。

「やってしもうても構わぬのか、親分」

「お、おう」

「しかと考えてみるがいい」

「ど、どういうこった」

「すべて罠ならば何とするか。江戸の町奉行の配下を故なくして殺害するに及んだとなれば拙者はもちろん、指嗾《しそう》せしおぬしも無事では済まぬぞ」

「ちっ、八方塞がりじゃねぇか!」

「ならばあやつが手を打つ前に、宿場を手に入れてしまうがよかろうぞ」

「喧嘩出入りをしちまってもいいってのかい?」

「左様。酉蔵さえ亡き者にいたさば、この新町宿には新たな顔役が入り用となるからな……おぬしを措《お》いて他に居らぬ以上、役人とて文句は言うまい」

「そうか、先手必勝ってことだな」

袈裟蔵はようやく腹が据わったらしい。
「おい八、新しい筆を持ってこい」
「とっくに買ってありますぜ、兄い」
「親分と呼べって言ってるだろうが！」
すっかり調子を取り戻した様子で、袈裟蔵は喧嘩状をしたため始めた。
重太郎にとっては好都合。
田舎やくざの一家など、幾つ潰れようと構うまい。
自分が長い命ではないことを、重太郎は知っていた。
医者の診立てによると膈の病であるという。
左門が自分から乗り込んできてくれたとなれば好都合。
巻き添えにしてやれれば本望だ。
そう願う重太郎は、左門が妻と死に別れたことを知らない。
そもそも、子細を確かめる気さえなかった。
抱き続けた恨みの赴くままに、怒りをぶつける機を窺うことしかできずにいた。
決戦の地は神流川の河原。
戦国の昔に北条《ほうじょう》と滝川《たきがわ》の大軍が激突し、幾多の死者が出た古戦場であった。

七

かくして迎えた喧嘩出入りに、政秀は真っ先に割り込んだ。

「退け退け退けーぃ！」

大音声《だいおんじょう》を張り上げ、奪い取った竹槍で続けざまに袈裟蔵側の若い衆を打ちのめす。

「野郎っ」

斬りかかった又八も敵ではない。

「ヤッ！」

腕を取ると同時に一回転させ、どっと地べたに叩き付ける。

政秀が先陣を切って大暴れしたのは双方の度肝を抜き、被害を抑えるためだった。

左門の指示を受けての行動である。

その左門は、重太郎と一対一で向き合っていた。

「すまねぇな本間。俺の狙いは、もとより袈裟蔵だけさね」

「うぬっ……」

「できることなら、お前さんともやり合いたくはねぇんだ」

「言うな！」

重太郎は抜き打った。

キーン。

左門の抜刀も迅速だった。

鞘走らせた刀身で体を庇い、金属音も高く重太郎の抜き付けを受け流す。

間を置くことなく跳び退り、続く斬り付けを躱す動きも力強い。

道中の疲れを感じさせない一挙一動《いっきょいちどう》は、じっくりと腰を据え、政秀に相手をさせて体を作った成果だった。

「こやつ……」

「止《や》めておくなら今のうちだぜ」

連続した攻めをかわした上で、左門は静かに説き聞かせる。

「顔色が悪いぜ。お前さん、病持ちなんじゃねぇのかい」

「な、何故に分かるのだ」

「丈三郎も同じ様子だったからよ」

「何……」

「もしもあいつが助っ人に来てりゃ、お前さんは病人を斬るところだったのだぜ。俺だってそんな真似はしたくねぇや」

「……」

「悪いことは言わねぇから身を引いて、お前さんも養生してくんな。今でも俺ぁ友達のつもりなのだぜ」

「くっ……」

重太郎は堪らずにうつむいた。

そこに頃良く鉄平が駆け付けた。

先導してきたのは、岩鼻陣屋《いわはなじんや》の代官と捕方たち。

「鎮まれ、静まれー！」

「これ以上の騒ぎは許さぬぞ！」

突入した役人衆によって、たちまちのうちに袈裟蔵は縛り上げられてしまった。

又八が気を失ってしまっていては、若い衆も浮き足立つばかり。

あれから鉄平は宿場を抜け出し、最寄りの岩鼻陣屋まで注進に及んでいたのだ。

江戸から来た岡っ引きというだけでは、正面から訪ねて行ったところで相手になどされなかっただろう。

左門はあらかじめ遠山景元の了承を取り、特命により博徒を摘発させたい旨を一筆したためてもらっていたのだ。

その書付を自分の手紙と一緒に鉄平に託し、代官に届けさせたのである。

北町奉行の書状が届けられ、すでに現地に潜入した同心が悪事の証拠をつかんでいるとなれば、無視はできまい。

そんな左門の目論見は当たり、代官は動いてくれたのだ。

袈裟蔵一家さえ潰してしまえば、丈三郎との約束は果たしたことになる。

しかし、重太郎は抵抗を止めようとはしなかった。

左門に諭されて戦意を喪失したかと思いきや、刀を奪おうとした捕方に抜き打ちを見舞ったのである。

「うぬらも死なば諸共ぞ！　俺と一緒に三途の川を渡るがいい！」

叫ぶと同時に刃音が上がった。

「う!?」

斬られた捕方がどっと倒れる。

「こやつ！」

「おのれっ」

駆け付けた仲間も、次々に血煙を上げるばかり。

何の意味も無い殺戮《さつりく》であった。
捕方を幾人斬り伏せたところで、もはや袈裟蔵も又八も逃げられない。
重太郎は自分のために殺しているのだ。
死にゆく己の道連れを、一人でも多く作りたいのだ。
武士にあるまじき、無様《ぶざま》な悪あがきと言うしかなかった。
（そんなに三途の川を一人で渡りたくねぇのかい。本間よぉ……）
友を手にかけたくはない。
まして、相手は病人なのだ。
しかし無意味な血を流させぬためには、討つしかあるまい。
左門は静かに進み出た。
「本間！」
間合いに入ると同時に見舞った抜き打ちは、存分に胴を割っていた。

八

かくして新町宿から嵐は去り、丈三郎は安堵して刑に服した。

死罪の裁きを下すと同時に、すべて済んだと白洲で知らせたのは遠山景元。

「ありがとうございやす。嵐田の旦那にも、そうお伝えくだせぇまし」

心から礼を述べた上で死罪場に赴き、丈三郎は首を打たれた。

過去の過ちを諄々《じゅんじゅん》と受け入れ、何の文句も言わずに逝《い》ったのだった。


処刑を終えた日の夜、吉利は『かね鉄』に赴いた。

旅の疲れを癒していた左門たちと合流し、最期の様子を語るつもりであった。

「丈三郎は見事な覚悟であった。進む道さえ誤らなければ、ひとかどの人物になっていたであろうとお奉行も仰せであったよ」

「道ってのはそういうもんでさ。一度踏み外しちまったら、なかなか元には戻れねぇ……いよいよ三途の川を渡るときにならなきゃ、誰だって気が付かねぇことでござんしょうが……ね。俺だって、いざとなったらどうなることやら」

「旦那ぁ」

「大丈夫だよ、鉄」

左門は笑顔で酒器を取る。

「ほら、若先生と政もグッとやりねぇ！」

仲間たちに酌をして回る態度は陽気そのもの。
しかし胸の内は、旧友を斬ってしまったことへの悔悟で一杯。
明るく振る舞いながらも、今宵の酒は苦いばかりの左門であった。

時代小説

二見時代小説文庫

新《あら》たな仲間《なかま》　八丁堀《はっちょうぼり》　裏十手《うらじって》6

著者　牧《まき》　秀彦《ひでひこ》

発行所　株式会社　二見書房
東京都千代田区三崎町二―一八―一一
電話　〇三―三五一五―二三一一［営業］
　　　〇三―三五一五―二三一三［編集］
振替　〇〇一七〇―四―二六三九

印刷　株式会社　堀内印刷所
製本　ナショナル製本協同組合

ISBN978―4―576―13173―3
http://www.futami.co.jp/